敬神崇文

陶冶慶丁

천미신교
낙양지부

천마신교 낙양지부 12

정보석 新무협 판타지 소설

초판 1쇄 찍은 날 § 2018년 4월 11일
초판 1쇄 펴낸 날 § 2018년 4월 18일

지은이 § 정보석
펴낸이 § 서경석

편집책임 § 이선근
편집 § 김경민

펴낸곳 § 도서출판 청어람
등록번호 § 제387-1999-000006호
등록일자 § 1999. 5. 31
어람번호 § 제2-2746호

주소 § 경기도 부천시 부일로 483번길 40 서경B/D 3F (우) 14640
전화 § 032-656-4452 팩스 § 032-656-4453
http://www.chungeoram.com
E-mail § chungeorambook@daum.net

ISBN 979-11-316-91705-9 04810
ISBN 979-11-316-91369-3 (세트)

12

천미신교 낙양지부

정보석 新무협 판타지 소설

FANTASTIC ORIENTAL HEROES

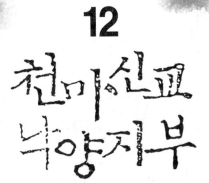

도서출판 청어람

毅影
神文
慶陽
丁淘

천마신교
낙양지부

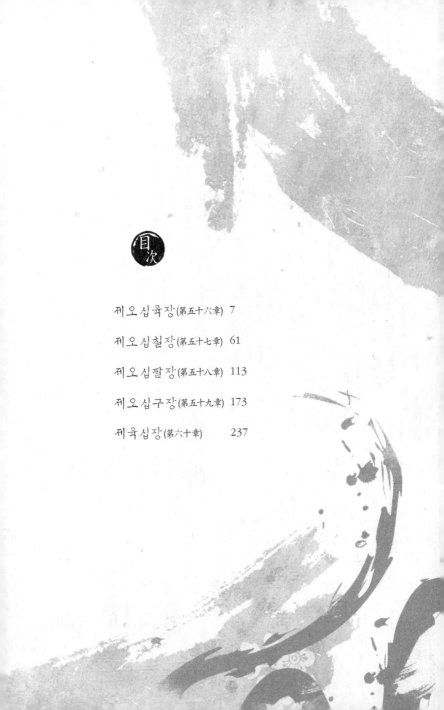

目次

제오십육장(第五十六章)

거리는 한산했다.

백운대장군 손막에 의해서 정교하게 짜인 반란은 하룻밤 사이에 성공적으로 마무리되었다. 소모적인 내전 없이 반란이 성공한 이유는 오랜 시간 공을 들인 것도 있지만, 문만 걸어 잠그면 완전히 폐쇄되는 황도의 특이한 지리도 한몫했다. 외부의 적으로부터 황제를 완벽하게 지킬 수 있는 견고한 성벽이 내부의 적에게는 최고의 이점으로 작용한 것이다.

손막은 정예 부대라 할 수 있는 백운회의 고수들을 황도 전역에 풀었다. 반란에 반기를 드는 사람은 같은 군부의 장군이라도 모두 숙청했고, 황군까지 통솔하는 막강한 군부의 주역이 되었다. 그에게 반항하는 자는 보수주의에 외골수인 황제파 귀족들과 황제에게 직접 선발된 호룡군밖에 없었으며 그마저도 매 순간 죽어나가고 있었다.

그렇게 성공하는 듯했지만, 넓은 황도를 하룻밤 만에 완전히 장악할 수는 없었다. 황궁을 깨끗하게 정리한 손막은 황군을 동원하여 황도까지 영역을 넓혀 남아 있는 잔당을 소탕하기 시작했다. 황도의 수문장들을 모두 포섭한 손막의 명령 아래, 잔당들은 독 안에 든 쥐처럼 죽음을 기다릴 뿐이었다. 때문에 황군들이 집집마다 수색을 했고, 황도에 사는 주민들은 혹시라도 불상사를 당할까 누구도 집 밖으로 나오려 하지 않았다.

그나마 대운제국의 정세에 아무런 상관이 없는 외인이나 거지만이 거리에 틈틈이 보일 뿐이었다.

인적이 드문 거리를 걸으며 주하가 피월려에게 말했다.

"피 대원께서는 정말로 진 소저가 별궁에 없다고 생각하십니까?"

피월려는 그녀를 돌아보며 대답했다.

"그렇소."

"그 황당한 이유가 아닌 다른 이유가 있습니까?"

피월려는 잠시 말이 없었다.

"황룡검주는 자식을 아끼는 사람인 것으로 보였소. 냉철하게 낮은 자세로 본 교에 투항할 결정을 내린 사람이었는데 말이오. 그런데 그런 그가 냉정을 잃어버리고 나를 죽이려 했소."

"그것이 진 소저의 유무와 무슨 상관입니까?"

"린 매는 황룡검주의 여식이오."

뜻밖의 말에 주하가 입을 살포시 벌렸다.

"조카가 아닙니까?"

"아니오."

"……."

"복잡한 사정이 있었으리라 생각하오만, 진파진의 아내가 진파굉과 내연 관계였던 것 같소."

"하지만 그렇다고 해도, 진 소저가 그곳에 없다고 확신할 수 없습니다. 오히려 황룡검주가 그녀를 아끼기 때문에 그곳에 숨겨놓았을 것이라 생각합니다만."

"처음 린 매가 어떻게 입교하게 되었는지 아시오?"

주하는 고개를 끄덕였다.

"전 황룡검주인 진파진을 죽이는 데 동참하는 것으로 입교하였지요."

"그렇소. 진파굉이 지부에 처음 방문했을 때의 분위기를 보아 어림짐작하면, 진파굉은 진파진의 암살을 처음부터 본 교와 모의한 것이 분명하오. 그의 입으로도 그렇게 말을 했었소."

"기억납니다. 분명 본 교와 뜻을 같이하기로 작정했다 했었습니다."

"그때 모든 사람은 진파굉이 그의 형을 죽이고 본인이 황룡검주가 되겠다는 개인적인 욕심에서 그런 일을 벌인 것이라 생각했소. 하지만 나는 생각이 다르오."

"무슨 다른 이유가 있다고 보십니까? 그것이 무엇입니까?"

"바로 그의 여식인 린 매를 위해서 그리했다 보오."

"……."

"그 당시 린 매는 천음지체로 생명이 매우 위험한 상태였소. 이미 치료할 방법이 없어 꼼짝없이 죽는 상태였지. 만약 그때 서화능 지부장께서 진설린이 진파굉의 딸이란 사실을 알아내고 그녀를 치료해 주겠다는 조건으로 진파굉에게 손을 내밀었다면? 자식을 아끼는 진파굉은 형님을 죽이는 일이라 할지라도 하지 않을 수 없었을 것이오."

"하지만 그 과정에 금룡까지도 살해되었습니다. 진파굉이 자식을 아끼기 때문에 금룡을 죽였다면 그건 모순입니다."

"금룡은 아마 진파진의 친자식일 것이오. 금룡의 얼굴은 반로환동한 진파진의 그것과 매우 흡사했소."

주하는 침중한 목소리로 나지막하게 말했다.

"눈에 보이지 않는 곳에 놀라운 사실이 숨겨져 있었군요."

"진파굉은 진설린을 살리기 위해서 스스로 진설린을 본 교에 내어주었소. 본 교가 건재한 이상 다시 그녀를 품으려는 도박수를 감행하진 않았을 것이오."

"그럼 애초에 이곳에 올 필요가 없지 않습니까?"

"진 소저가 스스로 이곳에 왔을 가능성도 있소. 그녀의 심중은 그 누구도 짐작하기 어려우니 말이오."

"확실히……."

주하는 입 밖으로 말을 꺼내진 않았지만, 진설린이 미쳤다는 것을 누구보다도 잘 알았다. 피월려의 전속대원으로 그의 방을 항상 주시하던 주하는 진설린이 평소에 얼마나 비상식적인 행동을 하는지 직접 보고 들었다. 가끔 인형들을 한 줄로 세워놓고 홀로 연극을 하고 있는 걸 보면, 미친 짓도 오래 하면 예술이 되겠다 싶은 생각을 했었으니 말이다.

피월려가 말했다.

"황룡검주와 대면하니 그녀가 없다는 것을 확신할 수 있었소."

주하가 대답했다.

"안타깝군요. 이 넓은 황도에서 그녀를 어떻게 찾을지……."

주하는 말끝을 흐렸다. 피월려는 의문이 들어 그녀를 보았는데, 그녀는 반쯤 감긴 눈으로 한쪽을 응시하고 있었다.

"왜 그러시오?"

"이상한 움직임이 느껴집니다."

"미행이오?"

"아니요. 다른 움직임입니다."

"어떤 움직임이기에 그러시오?"

"누군가 우리의 모습을 확인할 수 있는 거리에서 갑자기 직각으로 몸을 틀었습니다. 아무것도 아니라면 잃은 물건을 되찾으러 간 것일 텐데, 그랬다면 직각으로 몸을 돌리지 않았을 겁니다."

"황룡무가에서 몸이 성하게 걸어 나온 외인은 우리가 유일하니, 그것 때문에 우리가 추적 대상이 되었을 수 있소. 혹 개방의 거지가 추적한 것이 아니겠소?"

"개방의 거지들은 누구를 추적할 때 절대 미행하지 않습니다. 특수부대인 혹의개(黑衣丐)가 아닌 이상, 암공은 익히지 않기 때문에 할 수도 없을뿐더러 어차피 전 황도에 거지들이 있으니 눈으로 본 것을 보고하고 상부에서 정보를 맞춰보면 알아서 길이 나옵니다. 확실하게 보진 못했지만, 그 걸음은 무림인의 것 같았습니다."

"흐음… 역으로 미행해 보겠소?"

"제가 모습을 숨긴 상태였다면 모르겠지만, 지금 갑자기 몸을 숨기면 오히려 의심을 받을 것입니다. 하지만 역으로 미행하는 건 가능할 듯합니다."

"어떻게 말이오?"

"대놓고 따라 걸으면 됩니다. 마침 저희가 걷는 방향과 비슷하니, 이상하지도 않을 겁니다."

피월려가 물었다.

"대놓고 미행하는 것이 오히려 안 걸린다?"

"통상적으로 알려져 있는 한계점보다 더 멀리서 추적할 수 있는 암공을 압니다. 의심은 받겠지만, 적들은 불가능하다며 우연이라 생각할 것입니다. 만약 그래도 걸린다면, 그대로 지부로 가면 그만입니다."

"성공하면 좋고, 아니면 말고. 뭐 그런 것이군. 좋소. 길을 안내하시오."

"일단 이 길을 따라 걸으십시오."

주하는 기감을 넓혀 주변을 살폈다. 겉으로는 이런저런 수다를 떨었지만, 가끔씩 전음으로 길을 알려주었다. 피월려도 그녀의 연기에 맞춰주며 최대한 여유롭게 걸었다.

그렇게 일다경 정도가 지나자 주하가 전음으로 신호를 보냈다.

[멈췄습니다. 앞으로 왼쪽 세 번째 골목으로 들어간 뒤, 오른쪽 두 번째 건물 안으로 들어갔습니다.]

육안으로 보는 것이 불가능한 지역까지 확인할 수 있다니 최상급의 암공이 아닐 수 없었다. 피월려는 감탄하면서 고개를 끄덕였다.

"기습하는 것이 어떻소?"

[안에 누가 있을지 모릅니다. 황제가 죽자 기세에서 밀린 호룡군 상당수가 탈궁하여 도시로 숨어들었습니다. 저 건물 안에 호룡군이 있을 수도 있습니다.]

"그들의 실력은 어느 정도였소?"

[섞여 있던 무당파의 고수가 아닌 일반 호룡군도 최소 절정이었습니다. 중원 전체에 이름을 떨친 무림인을 상당수 등용했다 들었습니다.]

"흐음, 고민되는군."

[피 대원도 저도 아직 부상 중임을 잊어서는 안 됩니다. 지부로 돌아가시겠습니까?]

"우리가 여기까지 온 이상, 저들도 이상함을 느끼고 피신할 가능성이 있소. 한번 찔러나 봅시다."

[알겠습니다.]

피월려는 허리춤에서 대검(大劍)을 꺼내 들었다. 별궁 주변에 버려져 있던 것으로, 별궁으로 침입하려던 누군가가 쓰던 검인 듯싶었다. 장대검만큼 무게가 나가거나 길지는 않았지만, 일반적인 검보다 세 배는 두꺼운 넓이를 가지고 있어 한 손으로 온전히 다룰 수 없는 수준이었다.

사실 다른 검도 많았으나 역화검을 잃어버린 대가로 무거운 검이라도 쓰지 않으면 넘치는 마기를 담아내기 어려워 어쩔 수 없는 선택을 한 것이다. 그래도 장대검으로 초절정고수와 한번 붙은 피월려는 그만큼 무거운 검과 내력을 주고받는 것에 익숙해진 상태. 그는 마기를 한껏 키워 대검에 불어넣었다.

갑자기 대로 한복판에서 검을 뽑은지라, 그나마 용기를 내어 밖에 나왔던 사람들이 슬금슬금 도망가기 시작했다. 지금 개봉은 불안정한 치안 때문에 대로에서 칼부림이 나 사람이 죽어도 제대로 처리되지 않는 경우가 허다하다. 피월려는 그를 바라보는 사람들의 시선에 아랑곳하지 않고, 빠르게 금강부동신법을 펼치면서 주하가 말한 골목으로 들어섰다.

그를 보고 눈동자가 커진 거지 한 명.

피월려는 그 거지가 뭐라 말을 꺼내기도 전에 목을 쳤다. 백의(白衣)를 입고 허리춤에 매듭을 찬 거지는 확인할 것도 없이 백의개(白衣丐)다. 개방의 거지인지 아닌지도 모르고 무공도 익히지 않는 무결제자(無結弟子)와 다르게, 어린아이도 그가 개방의 거지임을 알 수 있다.

역시 그 백의개는 개방의 자랑인 취팔선보(醉八仙步)를 펼치며 뒤로 물러났다.

취팔선보는 마치 술에 취한 듯 비틀거리는 움직임을 보여주는데, 취팔선보를 펼치는 백의개를 공격하고 있노라면 내가 취한 것인지 적이 취한 것인지 혼동하게 되는 느낌을 받는다.

그 정도로 변화가 극심한지라, 속도가 느린 대검으로는 상대하기가 극히 어렵다.

만약 피월려 홀로 상대했다면 상당히 오랜 시간을 허비했을 것이다. 하지만 피월려의 뒤에는 주하가 있어, 허점이 보이면 번쩍이는 비도를 날려 보냈다. 그 백의개의 얼굴에 당황한 기색이 떠올랐지만, 또 한 번의 변화를 주면서 겨우 비도를 피해냈다.

그 순간 피월려가 대검으로 앞을 크게 베었다. 도저히 피할 각이 나오지 않는 절묘한 한 수. 백의개는 손에 내력을 모아 손날을 이용하여 검을 아래로 내려쳤다.

쿵!

"으악!"

백의개는 갑자기 터져 버린 듯한 자기의 손을 믿지 못하겠다는 눈으로 바라보며 짧게 비명을 질렀다. 대검에 담긴 가공할 내력에 의해 그의 손에 있는 뼈대란 뼈대는 모두 금이 갔고, 근육이란 근육은 모두 찢어졌다. 눈을 도저히 뜰 수 없는 고통에 백의개는 안 된다, 안 된다 하면서도 감겨오는 눈꺼풀을 막지 못했다.

번쩍.

서릿발 날리는 피월려의 눈빛을 마지막으로, 백의개는 다시 눈을 뜰 수 없었다. 목이 잘렸으니 어찌 보면 당연한 사실이었다.

피월려는 즉시 그 백의개의 허리춤을 들어 매듭의 개수를 확인했다.

하나, 둘, 셋, 넷, 다섯.

오결제자(五結弟子)면 간부급 이상이다. 육결과 칠결은 환갑이 넘어야만 얻을 수 있는 신분이므로 이 젊은 거지는 그 나이에 오를 수 있는 가장 높은 직위를 가진 것이다. 이는 그 거지가 개방 내부에서도 수제자란 뜻이며 또한 이 건물이 매우 중요한 곳이라는 것을 말해주고 있다.

[안에서 비명을 들었을 겁니다. 돌입하려면 지금 해야 합니다.]

"엄호해 주시오."

피월려는 즉시 몸을 돌려 사람이 겨우 들어갈 만큼 작은 대문을 발로 걷어찼다. 나무 파편이 휘날리면서 산산조각이 났는데, 그 안에는 뜻밖에도 궁장 차림의 여인이 어린 사내아이를 끌어안고 벌벌 떨고 있었다.

순간 당황한 피월려가 어쩌지 못하는 사이, 집 안 가구 하나가 부서지면서 호룡군 하나가 튀어나왔다. 그의 손에 들린 검이 푸르게 빛나는 걸 보니 한계까지 내력을 품은 게 분명했다.

피월려는 아차 싶었지만 방비하기에는 너무 늦었다. 용안심공으로 계산을 해보아도 제시간 안에 피해 없이 피하기는 글

렀다. 깨끗하게 피하려면 팔 하나는 내놔야 하고 팔을 아끼려면 치명상을 각오해야 하는 최악의 상황에 놓인 것이다.

피월려는 팔을 아끼는 선택을 했다. 몸을 돌리며 물러나자, 그럴 줄 알았다는 듯 호룡군이 검을 고쳐 잡으며 그의 가슴팍에 내리꽂았다. 그대로라면 치명상을 입을 수밖에 없었지만, 피월려가 팔을 포기하지 않은 이유는 잠자코 치명상을 감수하기 위함이 아니었다. 바로 뒤따라 들어오는 주하에게 공격할 수 있는 공간을 주기 위함이었다.

주하는 빠르게 비도를 휘둘렀고, 갑자기 앞을 가로막는 그녀의 모습에 호룡군은 짧게 고민했다.

이대로 휘두를 것인가, 아니면 뒤로 물러날 것인가.

호룡군은 뒤로 물러나기로 마음먹었다. 계속 휘둘렀다가는 한 명과 동귀어진이 되겠지만, 뒤로 물러난다면 다시 이 대 일 상황이 된다. 전시 상황이면 한 명과 동귀어진을 택하겠지만, 지금은 둘 중 한 명이라도 살려 보낼 수 없는 상황이었다.

주하도 호룡군의 눈빛을 보고 손을 거둘 생각이었다. 어차피 이 대 일이 되면 유리하니, 동귀어진을 감수할 필요가 없었기 때문이다. 그런데 그때, 어깨 옆으로 지나가는 서늘한 예기가 느껴졌다. 팔이 잘리는 것이 아닌가 하는 섬뜩한 생각이 들 정도로 예기는 예사롭지 않았다.

"피 대원!"

주하의 경고에도 피월려는 앞으로 나가는 것을 멈추지 않았다. 이러면 선택의 여지가 없이 동귀어진이다. 호룡군은 올 테면 오라는 듯 투지를 눈빛으로 보내며 검을 마저 휘둘렀다. 거리가 가까워지면서, 서로의 검이 서로의 몸을 노리는 형국이 되었다.

그때, 피월려가 걸음을 갑자기 멈추었다. 그러자 둘 사이에 작은 공간이 만들어졌고, 두 검은 공중에서 부딪치게 되었다.

챙!

무게의 차이가 세 배.

담긴 내력의 차이가 다섯 배.

펼친 검공의 정밀함이나 순간적인 속도 등 다른 변수를 모조리 씹어먹을 정도의 차이다.

호룡군은 오랜 세월 익혀온 검공 덕분에 튕겨 나간 검을 억지로 잡을 수 있었지만, 그 속에서 찾아오는 내력의 역류는 온전히 감수할 수 없었다. 내력의 역류가 몸에 악영향을 끼치기 전에 피월려를 죽여야 한다는 생각이 들었다.

여기서 죽더라도 이놈은 죽여야 한다.

그는 피를 토하면서도 필살의 수법을 떠올리며 반격할 기회를 잡기 위해 피월려에게서 눈을 돌리지 않았다.

하지만 피월려는 더 공격하지 않고 오히려 뒤로 물러났다.

"주 소저, 비도로 부탁하겠소."

호룡군의 얼굴이 악귀처럼 일그러졌다.

"네놈! 그러고도 사내 녀석이냐!"

호룡군의 외침은 오래가지 못했다. 주하가 비도를 연속적으로 던지기 시작했기 때문이다.

하나, 둘, 셋, 넷.

호룡군은 그토록 짧은 거리에서 지마급 고수인 주하의 비도를 피해내었다. 그가 펼친 보법은 피월려도 펼치기 어려운 수준이었다. 그러나 내력의 역류로 인한 내상이 도지자, 움직임이 눈에 띄게 느려졌다.

다섯, 여섯, 일곱, 여덟.

처음으로 비도가 호룡군의 몸에 적중했다.

"컥!"

하나가 박히자 그 뒤에 날아온 비도도 모조리 그의 몸에 박혀 들어가기 시작했다. 그는 도합 여섯 개의 비도가 몸에 박힐 때쯤 쓰러졌다.

털썩.

손가락 하나 움직이지 못하는 상태임에도, 주하의 마지막 비도는 자비 없이 정수리에 박혀 들어갔다. 내력을 담고 있었기에 두개골을 종잇장처럼 파고들어 가 비도가 보이지 않을 정도로 깊숙이 자리 잡았다.

주하가 바닥에 떨어진 비도를 하나하나 주우며 말했다.

"방금 왜 그런 도박수를 둔 것입니까? 이 대 일이니 모험을 하실 필요가 없었습니다만."

"도박수가 아니었소. 검끼리 부딪쳤을 때 이득을 챙기는 대검의 활용성을 배웠기에, 그리될 줄 알고 한 것이오."

바닥에 떨어진 비도를 모두 주운 주하는 이제 호룡군의 시체에 박힌 비도를 뽑기 시작했다.

"잘못되었다간 동귀어진했을 겁니다."

"다 알고 한 것이오. 그러니 너무 뭐라 하지 마시오. 그나저나 주변에 또 다른 적은 없는 것 같소. 주 소저도 그렇게 느끼시오?"

주하는 호룡군의 반쯤 쪼개진 머리를 물끄러미 내려다보았다. 뇌수와 피가 섞인 더러운 액체가 흘러나오고 있었다. 그녀는 아미를 조금 찌푸리더니, 자리에서 일어섰다. 머릿속에 박힌 비도는 회수하지 않기로 결정한 것이다.

"있었다면 태평하게 비도를 뽑고 있진 않았을 겁니다."

"흐음… 그렇소?"

피월려는 턱을 만지며 구석에서 몸을 파르르 떨고 있는 여인을 흘겨보았다. 여인의 품속에서 고개를 푹 숙이고 있는 사내아이는, 많이 줘봤자 다섯 살 정도로밖에 보이지 않았다.

피월려가 그들에게 다가갔다. 그러자 그 여자는 더욱 움츠러들면서 겨우 입을 뗐다.

"사, 살려주세요. 제발 아들만은 죽이지 말아주세요."

미약한 목소리다. 피월려는 주하를 돌아보았으나 주하는 무표정했다.

피월려가 다시 궁장 차림의 여인을 보며 물었다.

"누구시오? 보아하니 황궁의 여인인 것 같은데……."

"제, 제발……."

피월려는 살벌하게 눈을 뜨며 조용히 읊조렸다.

"이름을 말하지 않으면 베겠소."

그 여인은 눈을 질끈 감더니 곧 이름을 말했다.

"화, 황상을 모시던 귀 씨입니다."

"후궁이오?"

그 여인은 고개를 연신 끄덕였다. 피월려는 그 옆의 사내아이를 슬쩍 보고는 말을 이었다.

"그럼 그 옆은……."

"……."

"황자(皇子)군."

말이 끝나기 무섭게, 여인이 갑자기 엎드리며 피월려의 바짓가랑이를 잡았다.

"제발 죽이지 말아주십시오. 이대로 제 아들과 조용히 살 것입니다. 황족임을 절대로 밝히지 않을 테니. 제발… 제발 아들의 목숨만은 살려주십시오."

"후궁의 아들이면 서열이 낮을 듯한데? 몇 번째이오?"

"전 천출이고 또 후궁입니다. 제, 제 아들은 서열 축에도 끼지 못합니다. 감히 황제의 자리를 넘보지 않을 것입니다. 평생! 평생! 제가 그렇게 가르치겠습니다."

여인의 목소리에는 심금을 울리는 안타까움이 녹아 있었다. 그러나 피월려는 전혀 동요하지 않고 냉혹하게 말했다.

"다시 묻겠소. 대답하지 않으면 죽일 것이오. 몇 번째이오?"

그 여인은 침을 꿀떡 삼키더니 바로 대답했다.

"제 아들은 삼십사황자입니다. 정말입니다."

그 정도면 서열이라 하기도 힘든 수준이다. 황제는 아마 자기 자식인 이 어린아이의 이름조차 기억하지 못할 것이다.

피월려는 한참 동안 여인을 뚫어지게 보았다.

이상한 점은 보이지 않는다.

그가 주하를 돌아보았다.

"허탕이오. 황손이니 개방에서 뒤를 봐준 것뿐인 듯하오. 호룡군도 한 명밖에 지키고 있지 않았던 것을 보면, 후궁이라는 말도 사실인 것 같은데 주 소저의 생각은 어떻소?"

주하는 시체의 곳곳을 뒤지고 있었다.

"저도 동감입니다. 이곳에 딱히 다른 흔적이 보이지 않는군요."

"이들을 죽일 필요도 없는 것 같은데, 그냥 지부로 돌아가는 것이 좋겠소."

"어린아이라서 그렇습니까? 껄끄러우시다면 제가 하겠습니다만."

"……."

"멸구(滅口)는 살인(殺人)이 최상입니다."

피월려가 힘없이 중얼거렸다.

"다섯 살도 안 되는 것 같소만."

"피 대원답지 않군요."

"오해하는 것 같은데, 난 원래 살인을 선호하지 않소."

"저들을 죽이면 개방에서 이곳에 있던 일을 알아내기 위해 시간을 쏟을 겁니다. 그건 간접적으로 이득입니다."

"아니, 그렇게 하지 않을 것이오. 지금과 같은 긴박한 상황에서 후궁과 후궁의 아들이 뭐가 중요하다고 이 일을 조사하겠소."

"……."

"이들을 죽이나 죽이지 않나 달라지는 것이 없소. 그러니 이대로 돌아갑시다."

주하는 무표정으로 피월려를 빤히 보았다. 그러다가 곧 고개를 휙 돌리며 밖으로 나갔다.

"피 대원은 알다가도 모르겠군요. 전 피 대원의 전속대원입니다. 다음부턴 제게 의견을 물을 것 없이 그냥 명령을 내리시면 됩니다. 본 교의 상급자 중에도 위선자(僞善者)가 꽤 많으니 눈치 볼 것 없습니다."

"……."

"이미 일이 벌어졌으니, 귀환은 서두르는 것이 좋겠습니다. 모습을 숨기겠습니다."

주하는 연기처럼 사라졌다. 피월려는 그녀의 날카로운 비평에 기분이 더러웠지만, 일단 마음을 접어두었다.

"눈에 띄지 마시오."

피월려는 마지막으로 그 말을 남기고 밖으로 나갔다.

골목에서 나오자, 백운회의 고수 두 명이 그를 기다리고 있었다. 비명 소리가 들려, 가까이 있던 그들이 찾아온 것이다.

이는 낭패다.

마인이라는 것을 밝히면 어느 정도 무마될 수 있지만, 황자를 놔준 것은 그냥 넘어가지 않을 것이다. 삼황자를 옹립하려는 그들은 삼황자를 제외한 황제의 남아를 가능한 모두 죽이려 할 것이 자명했기 때문이다. 그렇게 되면 천마신교의 마인이라는 것도 안 믿을지 모른다.

이 상황을 어떻게 설명해야 하나, 피월려는 고심했다.

그때, 그의 고심을 한 번에 날려주는 일이 벌어졌다.

콰콰쾅! 콰쾅!

폭음이 들리며 사람들이 모두 땅바닥에 바짝 엎드렸다. 피월려도 천지가 진동하는 소리에 자기도 모르게 몸을 숙였는데, 귀가 너무 멍하여 균형을 잡기도 힘겨운 지경이었다. 곧 정신을 차린 그는 고개를 돌려 뒤를 보았다.

그가 나왔던 집이 화염에 휩싸이며 무너지고 있었다.

*   *   *

피월려는 어안이 벙벙하여 사고를 할 수 없었다. 뇌를 재가동한 것은 무인으로서의 본능이었다.

스릉. 스릉.

날카로운 검을 뽑는 소리가 귓가에 머무는 것과 동시에 피월려의 사고를 거치지도 않고 마기가 몸에 돌기 시작했다. 피월려는 마기를 담은 눈빛으로 소리가 들린 곳을 바라보았다. 그곳에는 그를 살기 어린 눈빛으로 마주보는 백운회의 고수 두 명이 있었다.

그중 상급자로 보이는 중년 고수가 먼저 말했다.

"폭탄마(爆彈魔)는 즉결 처형이다. 살인죄보다 더 악질인 놈이니 살려둘 수 없다. 가뜩이나 이처럼 혼란스러운 상황에서는 더더욱 목을 베어야 한다."

그의 말에 하급자로 보이는 청년 고수가 고개를 끄덕이며 긴장한 표정을 감추지 못했다.

"예, 알겠습니다."

중년 사내가 검을 들이대며 당장에라도 튀어오를 듯 자세를 낮추었다. 피월려는 일단 대검을 뽑으며 다급하게 말했다.

"잠시 내 말을 들으시오. 내가 한 것이 아니……."

"문답무용!"

"칫, 젠장."

처음은 정면으로 찔러왔다. 피월려는 뒤로 훌쩍 뛰었는데, 앞에서 백광으로 빛나는 검끝만 놓고 보면 전혀 뒤로 뛴 것 같지 않은 착각이 들었다. 그 정도로 남자는 빠르게 반응하여 피월려를 따라 움직인 것이다. 아니, 따라 움직였다기보다 동시에 움직인 것이 더 사실에 가까웠다. 이는 피월려의 움직임을 미리 예상하지 않으면 불가능한 것이다.

하긴 그러고 보면 누구라도 그 검격에 뒤로 뛰는 선택을 하게 마련이다. 뒤에서 다른 이가 합공을 하려 할 때 함부로 앞으로 나가면서 맞서 싸우지는 않을 테니 말이다. 즉, 이대로는 중년 사내의 손바닥 안에서 놀게 되는 것이다.

그 예상을 깰 필요가 있다.

피월려는 마기를 손날에 실어 왼손을 휘둘렀다. 용안심공의 도움을 받으면 상대방의 검면을 정확히 노려 손날로 때리는 것이 손쉬웠다.

통!

마기와 내력이 서로를 흔들었고, 그 반발력으로 인하여 공명음이 들리면서 중년 고수의 검이 뒤로 밀려났다. 손으로 검을 치는 짓은 사실 매우 미련한 것으로, 검에 담긴 내력에 의해서 손이 크게 손상을 입게 마련이었다. 하지만 그 중년 사내는 막 피월려의 보법을 따라 움직인 상태이므로 검에 많은 내력을 실을 수 없음을 간파한 것이다.

피월려는 눈빛으로 중년 사내의 표정을 주시했다.

무표정.

이런 의외의 상황에도 조금의 감흥조차 없다.

피월려는 위에서 아래로 대검을 크게 휘둘렀다.

쿵!

손가락 마디 하나의 차이로 남자는 피월려의 검을 피했다. 그러면서도 자세는 전혀 흐트러지지 않았다.

"천!"

중년 사내가 크게 소리쳤다.

천?

피월려의 머릿속에 좌추와 탈출했던 감옥이 즉시 떠올랐다. 분명 천지인으로 통하는 합격. 인상 깊은 위력적인 합격이었다.

"지!"

"지!"

피월려와 청년 고수가 동시에 말했다.

순간적으로 생긴 위화감(違和感).

네가 그걸 왜 말해?

청년 고수의 얼굴은 그렇게 말하고 있었다.

피월려는 그 틈을 파고들었다.

"타아앗!"

피월려는 큰 소리와 함께 허리를 끝까지 젖히면서 검을 뒤로 뺐었다.

청년 고수는 도저히 닿을 수 없는 거리에서 검을 휘두르려는 피월려를 보고 의문을 품었다. 검에 내력조차 없으니 검기를 발사하는 것도 아닐 텐데 왜 검을 휘두르는 건가?

"조심해라!"

그는 선배의 경고를 듣고 본능적으로 뒷걸음질 쳤다. 이유는 몰랐지만 일단 그렇게 해봤다. 그리고 그는 갑자기 엿가락처럼 늘어나는 피월려를 눈으로 보면서도 믿을 수 없었다.

부― 웅.

"허, 헉!"

뒷걸음질 치지 않았다면 허리가 잘렸을 거다.

등줄기가 찌릿하다.

중년 사내가 즉시 도약했다. 피월려는 그가 자기를 공격하려 한다기보다는 청년 고수를 구하기 위함임을 알고 슬쩍 뒤로 물러났다. 중년 사내는 검기를 두어 개 뿌리면서 청년 고수와 피월려의 거리를 억지로 벌렸는데, 피월려가 피하지 못할 수준은 아니었다.

"괜찮으냐?"

청년 고수는 숨이 막히는지 말을 꺼내지 못하고 고개만 연신 끄덕였다.

피월려는 지금이 아니면 대화를 할 수 없다는 생각을 했다.

"나는 천마신교의 마인이오. 저 폭발은 나와 관계없는 것이오. 오히려 폭탄마를 잡는 쪽이지."

중년 사내가 의심의 눈초리로 그를 보았다.

"천마신교의 마인? 그대가 가진 마기는 느껴지지만, 그렇다고 천마신교의 마인이라 할 수 없소. 오히려 그런 마공을 가지고 검기를 사용하지 못하는 것이 더 의심스럽소만."

피월려의 동공이 두 배로 커졌다.

"내가 검기를 사용하지 못함을 어찌 아시오?"

"사용할 수 있었다면 아까 그 상황에 썼겠지."

"……."

"중(重)과 변(變). 이 둘이 극에 달한 절정의 마인이 검기를 사용하지 못한다는 것은 어떤 특수한 마공의 대가라고밖에 볼 수 없소. 그리고 그런 유의 하급 마공은 천마신교의 것이 아니오. 마공을 익혔다는 사실 말고, 그대가 천마신교의 마인임을 증명하시오. 못 한다면 생사혈전을 피할 수 없을 것이오."

"내가 검기를 쓰지 못하는 것은 다른 이유가 있어서 그렇소. 그리고 지금 당장 내가 천마신교의 마인임을 증명할 수는 없소. 다만 지부에 연락한다면……."

"지부는 불타 없어졌소. 그것도 모르시오?"

"그 지부가 아니라 비밀지부를 말함이오."

"거짓으로 들릴 수밖에 없다는 걸 이해하시오."

중년 사내는 검을 크게 두어 번 휘둘렀다. 두 검기가 날아들며 피월려에게 큰 움직임을 강요했다.

검기를 사용할 수 없는 한 피월려는 검기를 막을 수 없었다. 그는 훌쩍 몸을 크게 돌리면서 피했는데, 그런 그를 막 쫓아오는 청년 고수가 시야에 들어왔다. 청년 고수의 눈에는 전에 찾아볼 수 없었던 투지가 들끓고 있었다.

저 청년 고수가 정신 차릴 시간을 벌었던 거군. 애초에 내 말을 들을 생각이 없었어.

검기를 쓰지 못한다는 약점을 들켰으니, 그 점을 집요하게 파고들 것이다.

피월려는 용안심공을 가동했고 결과는 곧 나왔다.

청년 고수의 검법으로 움직임을 제한한 뒤에, 내력이 중후한 중년 고수가 원거리에서 검기로 찍어 누르는 것. 적의 입장에선 그것이 가장 최상의 공격 방법이다. 그렇다면 어떻게 타개해야 할까?

내력을 실은 피월려의 검과 청년 고수의 검이 정면에서 부딪쳤다.

채— 앵!

청년 고수의 검도 제법 묵직했다. 하지만 피월려의 검이 더 무겁고 내력이 많아, 검을 흘리는 방법으로 피월려의 검술을 상대했다. 부드러운 유의 속성을 더하여 보법을 밟는데, 그 부드러움이 검까지 이어져 피월려의 검에 담긴 패기를 넘어섰다.

그 두 검은 떨어지지 않고 이리저리 원을 그리며 돌기만 했다.

연리검회(連理劍回).

두 뿌리가 모여 하나가 된 나무, 연리지에서 본뜬 말로 두 검이 마치 하나가 된 듯 떨어지지 않고 계속해서 돌고 도는 형태를 말한다. 이는 유검의 끝자락에 존재하는 것으로 유검이 추구하는 그 자체이다.

청년 고수는 피월려보다 실력에서 떨어지지만 패검이 유검에 대하여 극상성이기 때문에 그 차이를 극복하고도 연리검회가 나타난 것이다.

이대로라면 내력의 손실이 거의 없는 유검이 내력의 소모가 많은 패검을 말려 죽인다.

그리고 그뿐만이 아니다.

쐐애액! 쐐애액!

가끔씩 바람을 가르고 찾아오는 검기. 피월려는 억지로 길을 만들어서 피해냈지만, 도저히 피할 길을 찾지 못해 다섯 번 중 한 번 꼴로 반탄지기를 사용해야 했다. 이 또한 극심한 내력의 소모로 이어지며, 피월려의 내력이 고갈하는 시기를 앞당겼다.

그는 그렇게 반각도 지나지 않아 사십 년에 달하는 총 내력을 모조리 사용하고 말았다. 극양혈마공을 끌어 올린다면 다시 마기를 짜낼 수 있지만, 그랬다가는 음양의 부조화가 가속될 것이다.

최후의 수단이다.

툭.

그가 버린 검이 땅에 떨어졌다.

검을 버리다니?

청년 고수는 또 당황했다. 손날로 검을 치지 않나, 엿가락처럼 몸이 늘어나질 않나… 이젠 검까지 버린다. 그는 의외성으로 가득한 마인과의 생사혈전을 도무지 이해할 수 없었다.

순간적으로 생긴 빈틈.

그는 그것을 품속에 있는 단환을 먹는 것으로 소비했다.

입안에서 퍼지는 음한 기운이 단숨에 그의 뜨거운 속을 식

허주었다. 그는 극양혈마공을 극성으로 끌어 올리며 마기를 짜냈다. 눈빛은 마성으로 완전히 뒤덮였고, 용안심공이 아슬아슬하게 정신을 보호했다.

"저, 저런……."

청년 고수는 오금이 저려오는 공포에 말을 더 잇지 못했다. 그의 눈에는 피월려가 어떤 괴기한 마단을 먹고 갑자기 마공을 끌어 올린 것처럼 보였기 때문이다.

피월려는 몸을 길게 하여 땅에 누우면서 낮은 자세를 잡았다. 오른손을 뒤로 뻗고 왼손은 얼굴 바로 앞에 가져와 범처럼 땅을 짚었다. 기묘하게 허리가 꺾인 모습이 마치 사냥하기 직전의 맹수와 같았다.

갑자기 광기 어린 눈빛에서 살기가 폭사되며 그의 몸도 덩달아 앞으로 쏘아졌다. 어찌나 빨리 달리는지, 높이는 사람의 무릎에도 오지 않았는데 양팔을 뒤로 쭉 뻗고 양다리만으로 달리며 바닥과 닿을 정도의 미세한 예각(銳角)을 유지했다. 금강부동신법의 신묘함은 눈을 씻고 찾아봐도 없었지만 놀라운 속도에서 거친 야생의 기운이 느껴졌다.

탁!

허리 뒤로 뻗은 그의 오른손에 땅에 있던 대검이 자동적으로 잡혔다. 손이 검을 잡은 것이 아니라 검이 손을 잡은 것 같았다. 번쩍하며 하늘 높이 뛴 피월려. 입을 크게 벌리고 달려

드는 호랑이의 송곳니를 긴 대검이 대신했다.

청년 고수의 얼굴이 핼쑥해졌다. 싸움 자체도 미숙했지만, 마인과 싸우는 것도 처음이었다. 피월려 같은 지마급 마인의 광포한 기운을 온전한 정신으로 감당할 수 있을 리가 없었다.

"우아아악!"

비명을 지르며 내지른 검. 그 검에는 내력조차 담겨 있지 않았다. 피월려는 대검을 휘둘러 그 검을 내려쳤다. 그러고는 왼손을 들어 그 청년 고수의 목을 졸랐다.

"커억! 컥!"

피월려의 왼손과 그 청년 고수의 목덜미에서 지렁이 같은 것이 피부 위로 솟아났다. 차이가 있다면 청년 고수의 것은 막힌 동맥이 팽창한 것이고, 피월려의 것은 내력을 쏟기 위해서 기혈이 팽창한 것이다.

"당장 그 손을 놔라!"

중년 고수는 하늘이 떠나가라 외치며 보법을 펼쳤다. 그의 얼굴에는 분노가 가득하여 피월려만큼이나 마인처럼 보일 지경이었다. 피월려는 손에서 힘을 빼지 않은 채, 그를 차분히 바라보았다.

다가오면 죽이겠다.

무언의 압박은 중년 고수의 발걸음을 멈추게 만들었다.

그때였다.

"그만하십시오. 현 상황에서 백운회의 고수를 죽이는 것은 바람직하지 못합니다."

어느새 옆에 나타난 주하가 피월려의 어깨에 손을 올렸다. 피월려는 용안심공으로 극양혈마공을 간신히 제압하여 육신의 통제권을 되찾았다.

"이들이 나를 먼저 죽이려 했소만."

"백운회와 척을 지어서 좋을 것이 없습니다. 오히려 연합해도 모자란 상황에……."

"내 생명을 노린 이상 봐줄 수 없소."

"이성을 되찾으십시오. 아까 다섯 살배기 아이를 죽이지 않았던 피 대원은 어디 간 겁니까?"

"……."

"피 대원!"

피월려의 오른손에서 힘이 스르륵 빠졌다. 그러자 청년 고수가 땅에 쓰러지면서 자기 목을 부여잡고 한참 캑캑거렸다.

피월려의 마기가 점차 수그러드는 것을 느낀 주하가 가슴을 쓸어내리며 중년 고수를 보았다.

"이분은 천마신교의 낙성혈신마입니다. 그것을 믿지 않는다 하더라도 진범인 폭탄마를 잡았으니 그를 직접 심문하시면 우리가 폭탄마가 아니라는 사실을 아실 수 있을 겁니다."

중년 고수는 청년 고수에 시선이 가 있었다. 그는 청년 고수와 주하 그리고 피월려를 연신 번갈아 보다, 이내 말을 꺼냈다.

"천마신교의 고수가 맞다는 증거 없이, 움직일 수 없소."

"감히… 이놈을 죽여야 말을 듣겠는가?"

"피 대원!"

"……."

피월려는 주하의 외침에 말을 멈췄다. 머리로는 알았지만, 몸이 통제를 곧잘 벗어나 감정을 그대로 표출했다. 마치 독한 술에 취한 기분이다.

주하가 품속에서 작은 책자를 꺼냈다.

"읽어보시지요. 제가 지부에서 지급받은 정보 문서입니다."

주하가 그것을 던졌고, 중년 사내가 받았다. 서찰 뭉치로 만들어진 작은 책인데, 그 속에는 지금까지 천마신교와 백운회가 교환한 정보가 빼곡하게 들어 있었다. 그를 확인한 중년 고수가 그것을 다시 던지며 말했다.

"알겠소, 이젠 믿겠소. 그러나 그렇다고 해도 백운회의 고수를 공격한 이번 일은 그냥 넘어갈 수 없소."

피월려가 또 뭐라 하려 하자 주하가 손을 들어 그를 막고는 대신 말했다.

"폭탄마를 손수 잡아 한곳에 포박해 놓은 상태입니다. 그를 백운회의 손에 내어주겠습니다. 그리하면 저희를 놔주시겠습니까?"

"진범을 잡았다는 말이오?"

"그렇습니다. 그 일을 하고 있지 않았더라면 진작 낙성혈신마를 도왔을 겁니다."

"……"

"진범을 찾는 수고를 덜어주었으니 오늘 일은 잊으셨으면 합니다. 아직 서로 피를 보지 않았습니다."

생사혈전을 고집하지 않아도 체면은 차릴 수 있다. 이는 중년 고수의 입장에서도 환영할 만한 제안이었다.

중년 고수가 말했다.

"좋소. 그렇게 합시다."

주하가 때를 놓치지 않고 말했다.

"다만 저희에게 그를 고문할 시간을 주십시오."

"고문이라? 무슨 소리요? 폭탄마는 즉결 처형이오. 고문할 이유가 없소."

"그러니 부탁하는 겁니다. 그는 천마신교에 있어 중요한 정보를 알고 있을지 모릅니다."

"천마신교에? 정보? 흐음……"

"부탁하겠습니다, 대인."

피월려는 주하가 저자세로 나오는 자체가 마음에 들지 않았다. 절정고수인 그녀가 뭐가 아쉽다고 저딴 놈에게 굴복해야 하는 건가? 불쑥불쑥 화가 치밀어 오르려는데 주하가 끊임없이 눈치를 주며 화를 참으라는 신호를 눈빛으로 보내왔다. 그것만 아니라면 진작 공격했을 것이다.

그런 피월려의 생각과 감정은 표정에서 드러나 있었다. 그것을 읽은 중년 고수는 자칫 잘못하면 일이 이상하게 흘러갈 수도 있다는 생각이 들어 주하의 조건을 수락하기로 결정했다. 한 가지 조건만 내건다면 백운회에서도 손해 보는 것이 없었기 때문이다.

"좋소. 그러나 고문하는 동안, 우리가 지켜볼 것이오. 그자가 말하는 모든 정보도 같이 들을 것이오. 그런 조건이라면 내 받아들이겠소."

주하는 고개를 끄덕였다.

"좋습니다. 어차피 백운회에서도 알아야 하는 정보일 것입니다."

그때 청년 고수는 자리에서 일어났다. 얼굴이 시뻘건 것이 아직 완전히 회복된 건 아니었지만, 걸음을 옮기지 못할 수준은 아닌 듯싶었다. 그는 중년 고수에게 걸어갔고, 중년 고수는 나지막하게 물었다.

"괜찮으냐?"

청년 고수가 대답했다.

"마지막에 손을 거뒀습니다."

"안다."

"천마신교의 고수가 아니라면 그럴 이유가 없습니다."

"그렇겠지. 넌 저들이 사실을 말하는 것 같으냐?"

"저지르지 않은 죄로 인해 생사혈전을 치르는 것은 바람직하지 못합니다. 진범이 따로 있다면 저들을 처벌하는 것은 악행이 됩니다. 그뿐입니다."

"호승심이 강한 네가 그런 말을 할 줄은 몰랐구나."

"상대가 낙성혈신마입니다. 겨뤄 생명을 잃지 않은 것으로 만족하겠습니다."

"그건 아직 모른다. 그 소문의 낙성혈신마라고 하기에는 너무 젊어."

"아뇨, 맞습니다."

청년 고수의 눈빛은 확신에 가득 차 있었다. 그는 피월려의 마기를 직접 피부로 느낀 장본인이다.

말없이 그를 보던 중년 고수는 고개를 끄덕이고는 주하를 돌아보며 말을 이었다.

"좋소. 진범에게 안내하시오."

주하는 포권을 취했다.

곧 앞서가며 피월려와 나란히 걸었다.

그녀가 작은 목소리로 속삭였다.

"극양혈마공을 폭주시켰습니까? 그 정도로 저들이 강한 상대인지는 몰랐습니다. 알았다면 진범을 쫓기보다 같이 협공하는 편이 좋았을 것입니다."

피월려가 중얼거렸다.

"어차피 린 매를 찾기 위해서라도 폭탄의 출처를 알아야 하오. 주 소저가 따로 움직인 것은 잘한 일이오. 그런데 혹 저들을 함정에 빠뜨리고자 거짓을 말한 건 아니오?"

"정말로 진범을 찾았습니다만."

"하긴, 주 소저가 그런 기만책을 쓸 리가 없지. 알겠소. 고문은 내게 맡겨주시오."

주하는 기분이 이상했다. 천마신교에서 어렸을 때부터 암공을 전문적으로 익힌 주하가 아는 고문법은 수십 개. 피월려도 그 사실을 잘 알 텐데, 왜 고문을 자기에게 맡기라고 하는 건가?'

"고문을 잘하십니까?"

"어차피 시간이 없으니 삼통고 아니오?"

"그렇습니다만."

"삼통고라면 자신 있소. 그러니 맡겨주시오."

"……"

물끄러미 보는 주하의 시선을 피하며 피월려가 힘없이 웃었다.

"낭인으로 오래 뒹굴다 보니 뭐, 그렇게 됐소."

주하의 표정이 좋지 못했다.

"그래도 제가 하는 것이 좋지 않겠습니까? 아무래도 정식으로 고문을 익힌 제가 더 능할 것입니다."

"내가 심문하는 동안 주 소저가 할 일이 있어 그렇소."

"그것이 무엇입니까?"

"중요한 정보를 말할 때, 방음막을 펼쳐서 정보를 교란해 주시오."

주하는 잠시 말이 없다가 이내 입술을 열었다.

"눈치가 빠른 상대라, 쉽지 않을 것 같습니다."

"백운회라고 해서 모든 것을 공유할 필요는 없소. 진범의 자백 속에서 정확한 시기를 노려 어색하지 않게끔 방음막을 펼쳐야 하므로 고도의 집중이 필요할 것이오. 그러니 고문을 하면서 동시에 하려 하면 실수하기 쉽소."

"확실히……."

"고문은 내가 하겠소. 주 소저는 정보 교란에 힘써주시오."

정보 교란은 힘들 뿐이지 불가능하진 않았다. 주하는 짧게 고민하고는 피월려에게 동의했다.

"알겠습니다. 방금 전에도 말했지만 그냥 명하십시오. 굳이 제게 명의 이유를 설명하실 필요도, 제 동의를 구하실 필요도 없습니다."

"……."

정작 말 안 하고 시키면 삐치면서.

피월려는 그 말을 겨우 입 밖으로 꺼내지 않을 수 있었다.

"왜 그런 이상한 눈길로 절 보십니까?"

이런 건 귀신이 따로 없다. 피월려는 당황하여 말을 더듬었다.

"아, 아니오. 아무것도."

"흐음."

"정말이오. 그… 삼통고를 다시 상기해야겠으니, 잠시 생각 좀 하겠소."

피월려는 주하의 날카로운 눈길을 애써 피했다. 주하와의 입씨름을 피하고자 그리 말했지만, 실제로 삼통고를 생각해 둘 필요가 있기도 했다. 그는 삼통고의 논리와 경험을 머릿속에 그리면서 고문자의 냉혹함을 마음속에 불러일으켰다.

*　　　*　　　*

갖가지 농기구가 놓인 농부의 집에는 주인이 없었다. 어지러운 정세에 희생양이 되어 일가족이 피를 본 것이다. 약탈의 흔적이 집 안 곳곳에서 보였고, 죽은 여아와 여인의 시체는 속살을 내비치며 절망 어린 표정으로 차갑게 굳어 있었다. 그들을 필사적으로 지키려던 농부는 상반신과 하반신이 갈라져 있었고, 얼굴은 표정을 확인할 수 없을 정도로 훼손되어 있었다.

"……."

그들에게 시선이 멈춘 세 남자를 향해, 주하가 단조로운 목소리로 말했다.

"이쪽입니다."

"혹시나 해서 묻는데, 소저가 이들을 죽인 것이오?".

중년 고수의 질문에 주하가 냉담하게 대답했다.

"여인들을 보면 간살(姦殺)당했다는 것을 아실 겁니다. 제가 한 일이 아닙니다."

중년 고수는 침음을 삼키며 말했다.

"대체 누가 이런 천인공노할 짓을 대낮에 한단 말인가?"

"현재 황도는 치안이 전무하다시피 합니다. 치안을 담당해야 하는 황군이 다른 일에 쓰이고 있지 않습니까? 무림인도 없는 황도이니, 무질서가 찾아오는 건 정해진 수순이었습니다."

주하와 피월려의 뒤를 따르며 청년 고수가 중년 고수에게 말했다.

"하루 속히 반기를 든 자들을 추살하고 황도의 질서를 바로잡아야 할 듯 보입니다."

"쉽지 않은 일이다. 부실한 황제를 등에 업고 권력을 쥐려던 권문세가(權門勢族)는 전부 천하를 호령할 권력과 재력을 쌓아둔 자들이다. 황궁을 점령하였어도, 이는 시작에 불과하지. 황도의 봉쇄가 유지되는 동안 그들을 모두 추살해야 한다."

"……."

"치안에 불안감을 느낀 사람들을 노리고 그들이 재력을 풀어 사병으로 만든다면 이번 일이 매우 길어질 수 있음이야. 긴박하게 돌아가는 만큼 정보가 중요하다. 때문에 하오문을 손에 넣은 천마신교와 개방이 있는 백도무림. 이 두 곳의 정보가 절실히 필요하다."

"그래서 천마신교의 고수라는 이유만으로 섣불리 포박할 수 없는 것이로군요."

"아직 모른다. 그 진위를 확인하러 가는 것인 만큼, 너도 긴장을 늦춰서는 안 될 것이다."

"예, 알겠습니다."

대화하는 사이, 그들은 곧 헛간에 도착했다.

헛간 역시 농기구로 가득했는데, 피월려나 백운회의 고수 두 명도 본 적이 없는 다양한 형태의 것을 갖추고 있었다. 죽은 농부는 중원에서 가장 발전한 황도의 농부인 만큼 매우 기묘하게 생긴 농기구들을 모두 다뤄가면서 기존보다 수배나 많은 노동력을 낼 수 있었다. 그중에는 스스로 만들어낸 것도 있어, 다른 농부들의 탄성을 자아낼 만한 농기구도 즐비했다.

하지만 피월려는 단 하나의 목적으로만 그 농기구들을 평가했다. 적은 힘으로도 사람의 살갗을 파고들 예리함이 있는가? 근육과 뼈를 분리할 수 있을 정도의 세밀함이 있는가? 작은 상처로 극한의 고통을 줄 수 있는가? 잠도 안자고 고심하며 고안한 농기구들이 한낱 고문 기구로 평가를 받고 있는 이 현실을 안다면 아마 그 농부는 죽어서도 통곡을 할 것이 분명했다.

"이게 좋겠군."

피월려는 비범하게 생긴 낫을 들었다. 손에 딱 잡히는 것이 느낌이 좋았는데, 예사롭지 않은 날카로움을 빛내는 쌍날로 되어 있었다. 그는 그것을 보자마자 마음을 정했다.

빈 헛간 안에서 기절해 있는 진범에게 도착했을 때, 그의 눈빛은 매섭게 빛나고 있었다.

"이자이오?"

중년 고수의 질문에 주하가 대답했다.

"화약 냄새가 아직까지 나는 것은 물론, 소지품에서 남은 폭탄이 나왔습니다. 의심할 것도 없이 이자가 방금 폭발을 일으킨 진범입니다."

"그럼 말한 대로 심문하시오. 폭탄마는 악독한 죄인이니 자비를 가지실 필요 없소."

피월려가 양쪽 소매를 걷으며 방긋 미소 지었다.

"안 그래도 그럴 작정이오."

주하가 어느 한곳에서 물통을 가져왔다. 그리고는 바닥에 누워 있던 남자의 얼굴에 시원하게 뿌렸다. 그 남자는 갑자기 죽었다 살아나기라도 한 것처럼 현실을 믿지 못하는 눈빛으로 주변을 살폈다.

"여, 여기가 어디요? 내, 내가 살아 있소?"

피월려는 낫의 쌍날을 손가락으로 쓸면서 말했다.

"그건 아직 모르는 일이지."

"무, 무슨?"

"난 질문을 한다. 넌 대답해. 그러면 산다. 간단하지."

"자, 잠깐. 지금 무슨 영문인… 으악!"

피월려는 사정없이 남자의 허벅지에 낫을 찍었다. 그 낫은 깊숙이 파고들어 넓적다리뼈에 걸렸는데, 쌍날의 사이에 낀 그 뼈가 이상한 소리를 내었다.

끼리릭.

뼈가 양쪽에서 긁히는 고통에 그 남자의 눈이 뒤로 넘어가려 했다. 피월려가 주하에게 신호를 주자, 주하가 다시금 그에게 물을 끼얹었다.

"어푸. 어푸. 으… 으윽. 으악."

남자는 고통에 정신이 없어 몸부림을 쳤다. 피월려는 우악

스러운 손길로 그 남자의 턱을 붙잡고는 자기 얼굴을 그 앞에 가져다가 눈을 억지로 맞추었다.

"난 묻는다. 넌 답한다."

"으윽. 흐흑."

"난 묻는다. 넌 답한다."

"아, 알았소. 그, 그러니 제발."

피월려는 낫을 허벅지에서 빼냈다. 그런데 그토록 깊게 상처가 남은 것치고는 피가 별로 베어 나오지 않았다. 굵은 혈맥을 교묘하게 피하며 지방층이 가장 두꺼운 부분을 찔렀기 때문이었다.

남자도 갑자기 극도로 약해지는 고통을 느끼면서 의아함을 감추지 못했다. 칼을 찔렀다 빼내었다고 고통이 이 정도로 감소하는 경우는 듣도 보도 못했기 때문이다. 피월려는 낫을 들어 그 남자에게 보여주며 말했다.

"다음에는 두 번이다."

"……"

"우선 가벼운 걸로 시작하지. 이름이 뭐야?"

"와, 왕봉추이오."

"흔한 이름이군. 너무 흔한 이름이라 오히려 의심이 되는데. 고향이 어디지?"

"개봉 토박이요. 잠깐잠깐 다른 곳에 여행차 가본 것을 제외하면 개봉에서만 내 평생을 보냈소."

그것이 사실이라면 무림방파와 엮였을 가능성이 적었다.

피월려가 물었다.

"가장 최근에 연락한 무림방파가 어디지?"

"그, 그건… 아아악! 으아!"

피슛. 피슛.

그 남자가 망설임과 동시에 양 팔꿈치가 터졌다. 피가 찔끔 찔끔 나오는데 남자의 심장 박동에 맞춰서 선혈을 내뿜고 있었다. 피가 한 번씩 나올 때마다, 허벅지에서 느껴졌던 고통이 연속적으로 느껴졌다.

피월려는 잠시 있다 다시 낫을 휘둘러 혈관을 뭉개 버렸다. 그러자 피가 더 이상 흘러나오지 않았고, 남자도 더 고통을 느끼지 못했다.

남자로서는 평생 처음 느끼는 감각이었다. 지속적인 고통이라면 서서히 적응해 버리지만 이처럼 시간을 두고 주기적으로 오는 고통은 절대로 익숙해질 수가 없었다. 마치 편두통이 머리가 아니라 피월려의 낫에서부터 시작되는 것 같았다.

피월려는 낫을 이리저리 움직이며 말했다.

"지금까진 예고다. 앞으로는 고통을 멈춰주지 않을 것이고, 넌 죽음을 피할 수 없다."

"……"

삼통고(三痛拷).

세 번째 고통부터 본격적으로 시작되는 고문이다. 치료할 수 없는 방식이기에 편안한 죽음과 고통스러운 죽음 중 양자택일해야 한다. 한번 시작되면 절대로 생명을 보전할 수가 없다.

아무런 감정이 섞이지 않은 목소리로 피월려가 말했다.

"난 묻는다. 넌 답한다."

"아, 알겠소. 모든 것을 말할 테니, 그 갑자기 찌르는 것만 하지 말아주시오. 조금이라도 시간을 줘야 대답을 하든 말든 할 거 아니오……."

"갑자기 태도가 바뀌었네? 이게 삼통고임을 알지 않고서야 갑자기 태도를 바꿀 이유가 없어. 너, 삼통고를 알고 있지?"

남자는 체념했다는 듯이 고개를 끄덕였다.

"알고 있소."

피월려는 씨익 미소를 지었다.

"개봉 토박이가 왜 삼통고 같은 고문술을 아는 거지?"

"개방과 하오문에 정보를 사고파는 입장이라, 그것을 들어본 일이 있소."

"개방과 하오문? 양쪽 어디에도 속하지 않았다는 말이야?"

"속하지 않았소."

"양쪽 어디서도 비호를 받지 못하면 살아남기 어려울 텐데?

형편없는 무공으로는 중립(中立)에 있을 수 없어."

"다른 곳은 모르나 개봉에서는 가능하오. 개봉의 주민이라면 함부로 죽일 수 없으니 말이오."

"거짓말은 아니겠지?"

"정말이오. 믿어주시오."

피월려는 턱을 쓸며 주하를 보았다.

"흐음… 주 소저가 보기엔 어떠시오?"

"고문을 하기도 전에 다 털어놓는 것을 보면 무림의 인물은 아닌 듯합니다. 피 대원께서 말씀하신 대로 무공도 형편없는 것 같고……"

"나도 거짓말을 하는 것 같지는 않은데. 백운회에서는 어찌 생각하시오?"

중년 고수는 잠시 침묵하더니 검을 뽑아 임전 태세에 들어갔다. 하지만 살기가 없는 단순한 방어 행동이었기에 피월려와 주하는 물끄러미 그를 볼 뿐이었다.

"이 상황 자체가 연극일 수도 있다는 생각이 드오. 이자와 원래 한패가 아니오?"

주하가 직접 이곳에 이끌고 왔고, 백운회의 고수들은 그 외의 상황을 보지 못했다. 그러니 그런 의심을 하는 것이 타당했다.

"흐음, 분명 그리 생각하실 수 있소. 이해하오."

피월려는 대검을 뽑았다. 동시에 중년 고수의 눈빛이 깊게 가라앉았는데, 뜻밖의 상황에 눈이 동그랗게 변하며 투기를 잃었다.

"크아악!"

포박당한 사내의 오른팔 하나가 깨끗하게 떨어져 나갔다. 피월려는 무심한 눈길로 그를 내려다보며 말했다.

"주 소저 지혈을 부탁하겠소. 그리고 백운회에게 묻겠소. 여기서 그만두는 것이 좋겠소? 원한다면 두 눈까지 뽑겠소. 그러면 믿겠소?"

청년 고수는 혈흔이 낭자하는 것을 보며 침음을 흘렸다. 그는 괜찮다는 듯이 손을 들려 했는데, 중년 고수가 막았다.

"하시오."

"좋으실 대로."

피월려의 대검이 두어 번 번쩍였고, 사내의 두 눈이 눈꺼풀째 뽑혀 나갔다. 어찌나 빠른지 남자는 자기 눈이 도려내지는 것조차 깨닫지 못했다. 그는 남은 왼손을 부들부들 떨면서 얼굴 위로 가져갔다. 그리고 검지와 중지를 세워 자기의 눈을 찔러보았다.

양눈은 휑한 동굴과 같았다.

"아악! 아악! 내… 내 눈! 눈! 이… 이 내 눈! 크흑. 크흐흐흑!"

그는 울음을 터뜨렸으나, 눈에서는 눈물 대신 핏물이 흘러

내리고 있었다.

피월려는 중년 고수에게 물었다.

"이젠 믿겠소?"

"…믿소."

피월려는 낫을 다시 집어 들었다. 그리고 사내의 척추의 상중하를 연달아 가격했다. 그러자 남자는 밟혀 죽게 된 벌레처럼 등을 휘고 꿈틀거렸다.

"나를 너무 원망하지 마시오. 당신 팔과 눈을 가져간 책임은 이자에게 있으니."

"개… 개자식. 주, 죽일 놈."

"덕분에 살아 나갈 수 있다는 선택지가 사라졌소. 질문에 답을 하면 할수록 평온하게 죽게 될 것이고 답을 거부하면 거부할수록 고통 속에 몸부림치며 죽을 것이오."

"내, 내가 답을 할 거 같으냐! 지옥에나 떨어져라."

"하아… 일이 복잡하게 되었군."

피월려는 낫으로 다시 네 번 가격했다. 그러자 남자의 표정은 웃지도 울지도 않는 괴기한 표정으로 변했다.

피월려가 말을 이었다.

"묻겠소. 폭탄을 왜 던진 것이오?"

"흐윽. 흑. 크윽."

"하나."

"아악!"

"둘."

"아악!"

"셋!"

"윽."

"넷!"

"하악, 하악."

"다섯!"

"크아악! 아… 악마 같은 놈."

"폭탄을 왜 던진 것이오?"

"지옥에나 떨어져라!"

"하나."

고문은 반복되었다. 처참했고, 잔인했다.

참다못한 청년 고수는 입을 틀어막고 밖으로 나가 구토를 했다. 피월려는 낫을 들고 따라 나와 그 낫에 그 청년 고수가 게워낸 것을 묻히면서 중얼거렸다.

"사람의 위액은 고통을 증가시키는 효과가 있소. 알아두면 좋을 것이오."

"……"

안으로 들어가는 피월려의 뒷모습을 보는 청년 고수의 눈길에는 혐오감과 공포가 반씩 뒤섞여 있었다.

처음에는 기본 정보를 물었다. 하지만 남자는 계속해서 대답하기를 거부했다.

그러자 피월려는 갑자기 가족 관계를 물었다. 그러면서 고통에 제발 견뎌달라며 응원까지 했다. 아무리 자기가 죽어도 가족 관계를 말할 수 없던 사내는 이를 악물고 버텼다. 하지만 악물던 이가 몇 개 정도 사라지자 술술 불기 시작했다. 그러면서도 자식의 것은 결코 내놓지 않았다.

그때 속삭이던 피월려의 목소리.

자식의 것까지는 캐묻지 않으마.

네 입으로 자식의 목숨까지 내놓게 될 거라는 공포에서 해방시켜 주마.

그러니 원하는 것만 말해라.

그때부터였다. 그 사내가 모든 것을 대답하기 시작한 것은.

하지만 잔인하게도 피월려는 법칙을 바꾸었다.

답을 할 때에도 고문을 하나씩 올리는 것으로.

빨리 죽고 싶다면 빨리 말을 해라.

최대한 있는 힘껏 말을 해라.

말을 하지 않으면 고문이 느려질 것이다.

더 이상 편안하게 죽느냐, 고통스럽게 죽느냐의 선택이 아니었다.

고통스럽게 죽는데, 느리게 죽느냐 빠르게 죽느냐의 선택이었다.

청년 고수는 자기의 머리를 뽑아내듯 쥐어 잡았다. 그렇게라도 하지 않으면 그 상황을 잊어버리지 못할 것 같았다. 고문을 당하던 자가 인간의 형태를 유지하지 못할 즈음, 청년 고수는 한적한 곳으로 나와 가부좌를 틀었다. 연공을 하는 것이 아니라, 마음의 안정을 되찾기 위함이었다.

그렇게라도 하지 않으면 들끓는 마음을 주체할 수 없을 것 같았다.

얼마나 시간이 지났을까? 피월려와 주하, 그리고 중년 고수가 헛간에서 나왔다. 중년 고수는 핼쑥해진 청년 고수에게 다가와 말했다.

"괜찮으냐? 안색이 좋지 않구나."

"아, 아닙니다. 괜찮습니다. 일은 어찌되었습니까?"

"폭탄마가 맞았다. 저들에게 폭발의 혐의가 없는 것은 확실하다."

그 청년 고수의 얼굴 근육이 모두 뒤틀렸다.

"혐의가 없다? 저 악인(惡人)이 말입니까? 아니, 악마입니다. 저자는."

피월려는 차분한 목소리로 정정해 주었다.

"악인이 아니라 마인이오. 낙성혈신마라는 걸 아실 텐데?"

"그, 그런!"

"하여간 의혹이 풀리게 되어서 다행이오. 그러면 우리는 이만 가보겠소. 그럼……."

스릉.

청년 고수는 검을 뽑았다. 그의 눈빛에는 진한 살기가 남아있어, 피를 보지 않고는 수그러들 것 같지 않았다. 피월려와 주하는 걸음을 멈췄다. 그리고 뒤를 돌아 마기를 담은 눈빛으로 청년 고수를 보았다.

중년 고수는 크게 외치며 그의 앞을 가로막았다.

"갈(喝)!"

"저 악인을 처단해야 합니다. 그것이 백운회의 일 아닙니까?"

"사리분별도 못 하는 어린 네놈이 감히 내 앞에서 나를 앞서 선악을 분별하겠다는 게냐?"

"사리분별을 못 한다 할지라도 저 살인귀가 악인임은 알겠습니다. 낙성혈신마든 뭐든, 제 목숨을 내놓는 한이 있더라도 저 살인귀를 살려 보낼 수 없습니다."

"이놈이 그래도!"

중년 고수는 검을 뽑아 청년 고수의 목에 들이밀었다. 얼굴이 당황으로 물든 청년 고수가 악에 받쳐 소리쳤다.

"지, 진심이십니까?"

중년 고수가 노한 표정을 숨기지 않으며 소리쳤다.

"너야말로 진심으로 나에게 검을 겨눌 것이냐? 어서 검을 거두어라."

"하, 하지만……."

"어서!"

청년 고수는 억울한 마음에 눈에 눈물이 맺혔지만, 가까스로 참아내면서 검을 내렸다. 그것을 본 중년 고수도 검을 거두며 피월려에게 포권을 취했다.

"어리오. 이해하시오."

피월려는 고개를 끄덕이는 것으로 인사를 대신하고는 몸을 돌렸다. 그의 뒤통수를 바라보던 청년 고수는 이를 악물더니 갑자기 괴성을 질렀다.

"내 이름은 유진이다! 낙성혈신마! 유진이다, 유진!"

걷고 있던 피월려는 웃음이 터져 나오는 것을 간신히 참았다. 그의 옆에서 걷던 주하가 나지막하게 말했다.

"어디서 읽은 건 많나 보군요."

피월려는 결국 웃음을 참을 수 없었다.

"유 씨라… 하아. 유한이 많이 가르쳐야겠군. 큭큭큭."

제오십칠장(第五十七章)

주하와 피월려는 대로를 걸었다. 더 추적할 만한 실마리가 없었기에 지부로 돌아가려는 것이었다.

해가 뜬 지 오랜 시간이 흘렀음에도, 인적이 매우 드물었다. 그나마 가끔 마주치는 사람들은 거지 아니면 군병이었다. 그때마다 주하는 그들이 천마신교의 마인임을 일일이 설명해야 했다.

"꽤 귀찮습니다. 명패를 만들어달라는 요구라도 해야겠습니다."

피월려는 웃었다.

"몸을 숨기는 것이 어떻소?"

"피 대원께서 검을 소지한 이상, 어차피 시시비비를 가리려 할 것입니다."

"어차피 내 검도 아니니 버리면 그만이오."

"만에 하나 적과 조우한다면 어찌하시려고 그러십니까?"

"그자의 말을 들어보면 적과 조우할 일이 별로 없을 것 같소."

피월려가 지칭한 그자는, 그가 직접 고문한 폭탄마를 일컫는 것이었다. 주하는 그가 전부 토해낸 정보들을 찬찬히 생각하며 물었다.

"쓸 만한 정보는 거의 없었습니다. 공들인 시간에 비해서 얻은 정보라고는 고작 황자들의 목에 걸린 현상금 때문에 움직였다는 동기와 그 폭탄을 얻게 된 유통 경로에 대한 정보뿐입니다. 하지만 유통 경로도 사실 아는 것이 거의 없어, 결국 그자가 폭탄을 터뜨린 이유 하나만 알아냈을 뿐입니다. 그런데 그 말에서 적과 조우할 일이 없다는 생각을 어떻게 하시게 됐습니까?"

피월려가 작은 목소리로 설명했다.

"현재 개봉에서 크게 움직이는 세력은 총 세 부류이오. 하나는 삼황자를 황제로 옹립하려는 백운회. 하나는 그에 반기를 들고 대항하는 호룡군과 그들을 지원한 백도무림. 그리고 그 상황에 엮이게 되었지만, 이해득실과는 거리가 먼 제삼의 세력. 본 교도 이에 속할 것이오."

"본 교는 백도무림 때문에 백운회의 세력과 가깝기는 하지만…… 확실히 따지고 보면 누가 황제가 되든 이득도 손해도 보지 않는다는 면에서 제삼의 세력이라 할 수 있겠습니다. 이미 본 교의 계획은 실패한 것과 다름없으니 말입니다."

"그렇소. 우리의 적으로 마주할 가능성이 있는 건 바로 백도무림의 세력과 제삼의 세력이라 할 수 있소. 백도무림의 세력에는 대표적으로 호룡군과 개방이 있는데, 이들은 먼저 싸움을 걸 형편이 되지 못하오. 호룡군은 황자들을 호위하느라 바쁘고 개방 또한 정보전에 심혈을 기울이고 있을 테니 말이오. 그렇다면 결국 제삼의 세력과 부딪힐 가능성밖에 없소."

"그 폭탄마도 개인적으로 움직이는 제삼의 세력이었습니다. 전에 듣기로 개봉에는 무림인이 들어올 수 없어, 무림 세력이 크지 않다 했지 않습니까? 그 부분을 말씀하시는 겁니까?"

"정확하오. 폭탄마인 그도 무공을 익히지 않았기에, 폭탄을 이용해서 황자를 처리한 것뿐이오. 그러니 앞으로 적을 조우한다 할지라도 무공을 익힌 무림인이 나올 가능성이 적소."

"그렇군요. 그럼 제가 몸을 숨기는 것이 좋겠습니다."

"아직 잠깐, 좀 더 논의를 하도록 하십시다."

주하가 의문을 표했다.

"그것이 무엇이든 지부에 도착하고 논하는 것이 안전하지 않겠습니까? 누가 개방의 거지인지 모르는 이상, 대로에서 논하는 것은 좋지 않습니다."

"아니, 여기서 논해야 할 이유가 있소."

"그것이 무엇입니까?"

피월려는 대답을 회피했다.

"지금부터는 모두 추측이지만, 일단 들어보시오."

"……."

주하가 조용히 방음막을 펼쳤다. 피월려는 최대한 입술을 움직이지 않으며 설명을 시작했다.

"그자가 말하길 살아남은 황자들의 목에 현상금이 걸려 있다 했소. 그런데 현 상황에 황자의 목에 현상금을 걸 만한 세력이 어디 있겠소? 바로 백운회 아니겠소? 그런데 그 말을 듣고 왜 백운회 고수들이 가만히 있었을까, 그 부분이 의문이오. 혹 소저가 방음막으로 정보를 교란한 것이 아니오?"

"맞습니다. 그들이 이야기를 듣는다면, 피 대원께서 애초에 그 황자를 처리하지 않고 건물에서 나온 것을 추궁할 것이라 생각하여 방음막을 동원해 문맥을 조금 변형했습니다."

"어떻게 말이오?"

"현상금 때문이 아니라 개인적인 원한이 있는 것처럼 말입니다."

"흐음… 그렇다면 그 때문에 백운회 고수들이 가만히 있었던 것이겠군."

"피 대원 말씀대로 황자의 목에 현상금을 걸 만한 세력은 백운회밖에 없습니다. 현상금을 타려고, 폭탄마는 무공이 없이 호룡군을 상대하기 위해서 폭탄으로 일 처리를 한 것입니다. 개인적인 생각으로, 그는 백도무림과 아무 관계도 없어 보입니다."

"……."

"피 대원께서 논하고 싶은 점이 무엇입니까?"

"그 건물이 단순한 은신처가 아니라는 생각이 들어서 그렇소."

주하의 표정이 굳었다.

"그리 생각하신 이유가 무엇입니까?"

"그냥 감이긴 하오만… 맨 처음 우리가 수상한 자를 추적했을 때, 주 소저가 말하길 개방의 인물은 아닌 것 같다 했었소. 그러나 그자는 개방의 오결제자였소. 기억나시오?"

"예, 기억납니다."

"조금 이상하지 않소?"

"개방의 인물이 아니라는 제 짐작이 틀린 것뿐일 것입니다. 그리고 또한 오결제자라면 무공을 상당 수준으로 익힌 무림인입니다. 따라서 그가 무림인의 걸음을 걸었던 것 또한 설명

됩니다."

"그렇다 하나, 직접 그를 마주할 때 단 두세 수만에 그를 죽일 수 있었소. 오결제자라면 적어도 절정고수는 될 터인데, 너무 쉽지 않았었소?"

"그 거지가 개방의 오결제자라고 생각하지 않으시는 겁니까?"

"적당히 무공을 익힌 거지에게 오결을 허리춤에 매달게 하면 누가 봐도 그냥 오결제자라 생각할 것이오. 그러니 단순히 오결을 허리춤에 매달았다고 오결제자라 할 수 없지. 게다가 개방의 상징인 타구봉(打狗棒)도 없었소."

"……"

"또 생각해 보시오. 하필 폭탄을 터뜨린 시기가 왜 딱 내가 건물에서 나온 직후란 말이오? 우연이라 하기에는 너무 기가 막힌 시간 차가 아니오?"

"……"

"그리고 그 건물 앞에서 나와 백운회의 고수가 조우한 상황이었소. 왜 하필 그때 폭탄을 터뜨린단 말이오? 백운회 고수가 다 가고 나서 터뜨려도 좋으련만. 폭탄을 터뜨리는 중범죄를 일부러 대놓고 저지를 리가 없지 않소?"

"서, 설마… 피 대원께서는 어떤 배후가 있다고 보십니까?"

"내가 생각했을 때, 그 건물은 개방에서 파놓은 미끼인 것 같소. 진짜 황자와 진짜 호룡군 한 명을 희생하여, 덫을 깔아 놓고 그곳에 들어오는 백운회의 고수들과 함께 폭탄을 터뜨리는 함정 말이오. 아마 황자의 어미와 호룡군에게는 신변을 보호해 준다고 하면서 은신처로 안내했을 것이오. 그러고는 그들을 미끼로 써먹는 것이지. 적당히 무공을 익힌 제자를 오결 제자로 둔갑시켜, 대로를 걸어 다니면서 미끼를 물어 그 건물로 유인시킨다면 매우 자연스럽게 백운회 고수들을 그 덫으로 끌어당길 수 있소."

주하가 잠시 깊게 생각하더니 고개를 끄덕였다.

"과연……. 개방의 입장에서는 호룡군이나 황자가 희생하여 백운회의 고수를 저승길로 데려가 주기만 한다면, 그들이 황궁에서 손을 뻗을 때 생기는 걸림돌을 단번에 제거하는 꼴이 될 것입니다. 폭탄도 애초에 백도무림에서 개봉으로 들인 것이니, 구하기도 쉬웠을 것이고……."

"거기에 백운회가 아니라 우리가 걸린 것이오. 그래서 모든 일이 꼬여서 폭탄을 미리 터뜨린 것 같소. 다행히 우리는 밖으로 나올 수 있었지만."

"다만, 그 가설이 사실이라기에는 조금 미심쩍은 부분이 있습니다."

"무엇이오?"

"개방은 예로부터 협을 중요시한 문파입니다. 백도무림에서도 협이라면 가장 앞장서는 그들인데, 과연 황자와 그 어미를 미끼로 쓰는 계략을 사용했겠습니까? 또한 폭탄도 그들이 선호하는 방법이 아닙니다."

피월려는 희미한 미소를 얼굴에 띠었다.

"개방에 있어 협이란 것은 같은 백도인이나 범인에게 통용되는 것이오. 애초에 개방은 살생을 금하는 도교나 불교를 기반으로 하는 문파도 아닐뿐더러 정보를 다루면서 영악한 암투를 즐겨 하오. 새 황제를 옹립하려는 반란의 세력인 백운회를 상대로라면 어떠한 악행조차 마다하지 않을 것이오."

"그렇습니까? 흐음, 개방에서 폭탄을 터뜨리라는 지시를 아무에게나 내리지는 않았을 겁니다. 그러면 그 폭탄마는 개방의 인물이거나 개방과 밀접한 연관이 있었을 겁니다. 하지만 삼통고로 다 죽을 때까지 말하지 않았습니다."

"삼통고라는 것을 알았을 때, 눈빛이 달라졌소. 이미 죽음을 각오한 눈빛……. 삼통고는 고문의 속도가 극히 빠른 부류로 조금만 참으면 결국 끝나는 속성을 가지고 있소. 그자는 삼통고를 알고 있었으니, 마음만 먹었다면 견뎌낼 수 있었을 것이오."

"하지만, 개방에 관해서 아무런 질문도 안 하시지 않았습니까? 그런 의심이 들었는데도 질문하지 않았다는 것은 백운회의 고수들이 그 자리에 있었기 때문입니까?"

"소저가 아무리 절묘한 정보 교란을 한다 할지라도, 한계가 있게 마련이오. 파고들었다면 필시 백운회의 고수들도 눈치챘을 것이오."

"…그 부분은 인정하겠습니다. 한마디, 한 문장이면 모를까, 계속 교란을 하려 했다면 백운회의 고수도 알았을 겁니다."

"때문에 개방의 인물임을 묻지는 못했지만, 나는 확신하오. 그리고 그렇게 제자가 고문을 당하고 있는데도 불구하고, 철저히 외면한 개방은 아마도 지금 우리를……."

주하가 피월려의 말을 낚아챘다.

"미행하겠군요. 더 큰 목적을 위함이 아니라면 자기 제자가 고문당하는 것을 방관하지는 않았을 겁니다."

"아마 이번엔 고도의 암공을 익힌 실력자들을 쓸 것이오. 주 소저도 눈치챌 수 없을 만큼 말이오. 소저가 잠깐 언급했던 흑의개가 따라붙을 수도 있소. 그들이 추적한다면 그 인기척을 느낄 수 있으시오?"

"흑의개라면, 불가능합니다."

개방은 거지들이 모여 만든 문파로, 협을 가장 중요시 여기는 문파다. 모든 백도문파가 그러한 면이 있지만, 개방은 더욱 심하다. 그들은 기본적으로 아무것도 소유하지 않으니, 개인적인 이득을 취할 이유조차 없기 때문이다. 백도문파라 할지라도 살아남기 위해서 어쩔 수 없이 협을 접어두는 부분까지도 개방은 순수하게 협을 추구할 수 있다.

그 순수함의 상징으로 개방의 제자들은 처음 개방에 입방할 때, 백의를 새로 입는다. 거지 생활을 하니 금세 더러워지지만, 백의를 고집하는 전통은 몇백 년이나 이어져 내려져 온 것이다. 이로써 그들은 무결제자에서 벗어나 개방의 제자임을 만천하에 드러내는 백의개가 되는 것이다.

허나 개방에는 백의개만 있는 것이 아니다. 그 누구보다 협을 추구하는 개방이니, 그 그림자 또한 그 누구보다 짙게 마련. 협을 제쳐두고 개방의 존속을 먼저 생각하는 음지의 거지들도 필요했다. 그들은 개방에서 흑의개라 불리며, 소림파의 십팔나한이나 화산의 매화검수와 같은 소수정예로 이뤄져 있다. 전문적으로 훈련을 받으며, 신분도 거지를 벗어나 상인, 귀족, 군병 등으로 위장하여 곳곳에 침투해 있다.

그들의 은신술은 지마에 오른 주하의 암공으로도 간파할 수 없는 수준의 것이다. 개방에서 마음을 먹고 그들을 파견했다면, 지금 현재도 피월려와 주하를 미행하고 있을지 모른다.

피월려가 말했다.

"내 생각이 맞는다면 우린 개방의 인물을 고문한 것이오. 그것도 백운회의 고수와 함께 말이오. 내가 개방의 수뇌부라면, 적어도 나를 암살하라는 지시를 내렸을 것이오."

"암살까지는 모르겠지만, 분명 미행을 명하기는 했을 겁니다. 나선다면, 흑의개일 겁니다."

"그렇다면 우리가 통상적으로 하는 방법으로는 미행을 떨쳐 버릴 수 없을 것이오."

개봉에 있는 마조대의 비밀지부에 들어가기 위해서는 혹시 모를 미행을 따돌리기 위해 꼭 행해야 하는 일종의 행동 지침이 있었다. 피월려는 그런 행동 지침으로도 흑의개에서 벗어날 수 없다고 말한 것이다.

주하가 이해했다는 듯 고개를 끄덕였다.

"그것 때문에 여기서 논하자고 하신 것이군요."

"이대로 지부로 돌아갈 수 없소."

"그렇다고 갑자기 목적지를 전환했을 때, 그 이상함을 파악하지 못할 정도로 흑의개는 만만한 상대가 아닙니다."

"같은 방향으로 걷기만 하면 되지 않소?"

"그래도 들킬 수 있습니다. 특히나 개봉은 길이 많아서, 같은 곳도 수십 갈래의 길로 갈 수 있습니다. 지금까지 생각을 안 하고 걸어서 무심코 가장 빠른 길로 걸었으니, 추적자들은 대략적으로 우리의 목적지를 유추할 수 있을 겁니다. 지금 목적지를 바꾼다면, 단순히 같은 방향만으로는 그들이 속아줄 것이라 장담할 수 없습니다."

"골치 아프군. 그들의 무공 수위는 어떻게 되오?"

"순수한 무위로 보면, 절정까지는 아닐 겁니다. 그러나 암공에서만큼은 독보적입니다."

피월려는 눈살을 찌푸렸다.

"좀 더 생각해 봐야겠소."

"저도 생각해 보겠습니다."

그들은 그렇게 한동안 걸었다. 목적지를 바꾸지 않은 채 걸으니, 어느새 지부에 도달할 지경까지 와서, 선택을 해야만 했다.

이대로 지부에 들어갈 것인가, 아니면 목적지를 바꿀 것인가?

피월려가 말했다.

"찢어지는 건 어떻소?"

주하가 놀라 물었다.

"저와 피 대원이 말입니까?"

"각자 다른 길로 가는 것이오. 그럴 경우 저쪽에서 어떻게 나오겠소?"

"숫자가 둘 이상이라면, 나눠져서 둘 다 미행할 것입니다. 그러나 혼자라면 양자택일을 해야겠지요."

"흑의개라면, 은밀함을 위해 한 명만 따라오지 않겠소?"

"암살이라면 모르겠지만, 정보조라면 이인일조(二人一組)가 기본입니다."

"그렇다면 찢어진다 한들, 우리 둘 중 한 명도 자유롭지 못하겠군."

"그렇습니다."

"그렇다면 혹, 주 소저가 다시 왔던 길을 되돌아가면 어떻소?"

"무슨 뜻입니까?"

"내가 명령을 내리는 척하고, 주 소저가 왔던 길을 경공으로 빠르게 되돌아가는 것이오. 그리고 나도 보법을 펼쳐 다른 쪽으로 달리기 시작하면, 저쪽이 미행하는 자가 둘이라 할지라도, 나만 따라올 것이오."

주하는 이해를 하지 못했다.

"왜 그들이 그런 결정을 내린단 말입니까?"

"여기서 북쪽에 거지 촌락이 있는 것을 아실 것이오. 내가 강한 살의와 마기를 내뿜으며 그곳으로 내달린다면, 우리를 미행하는 자들은 더 이상 조용히 지켜볼 수만은 없을 것이오. 나를 저지하려 들 테고, 그러기 위해서는 모든 인원을 대동해야 할 것이오. 즉, 주 소저에게 낭비할 인원이 없게 만드는 것이오. 낙성혈신마가 지마급 고수라는 건 이미 알고 있으니 말이오."

"저들로 하여금, 피 대원이 거지 촌락에서 살겁(殺劫)을 벌인다고 착각하게 만든다는 겁니까?"

"우리가 고문을 통해서 그 폭탄마에게 무엇을 알아냈는지,

흑의개는 모르오. 따라서 속일 수 있소."

주하는 잠시 말이 없다 물었다.

"그렇게까지 해서 저를 이 상황에서 벗어나게 하려는 이유
는 무엇입니까?"

"주 소저는 적당히 뒤로 간 뒤에, 다시 이중 미행하시오."

"예?"

"이중 미행 말이오. 그러면서 흑의개의 위치를 파악하는 것
이오. 흑의개가 나를 저지하려고 모습을 드러낼 때, 뒤에서
암살하는 것이오. 가급적이면 생포도 괜찮고."

"……."

"내 생각이 어떻소?"

"위험합니다."

"더 좋은 생각이 있소?"

"솔직히 말씀드리면, 일단 지부로 돌아가는 것이 좋겠습니
다."

"흑의개가 따라붙을 수도 있소."

"애초에 흑의개가 우리를 미행한다는 보장이 없지 않습니
까?"

"나는 확신하오만."

"……."

주하의 표정은 펴지질 않았다. 피월려는 짜증 어린 목소리

로 일갈했다.

"명이오. 지금 당장 경공을 펼쳐 되돌아가시오. 그리고 이 중 미행으로 흑의개의 움직임을 살피시오."

주하의 눈초리가 살포시 올라갔다. 하지만 명령은 절대적. 그녀는 곧 포권을 취하며 고개를 숙였다.

"존명."

그녀의 모습이 흐릿한 연기가 되기 무섭게, 그 그림자가 쏜 살같이 달려 나가기 시작했다. 피월려는 만족한 미소를 얼굴에 띠고는 주변을 살피면서 몸에 쌓인 마기를 은근히 해방했다.

그의 주변 열 장 반경 안에 있던 범인들은 순간 소름이 돋는 듯한 기분을 느껴 무의식적으로 그 자리를 피했다. 그런 광경을 구경하며 가쁜 호흡을 내쉬던 피월려는 다리에 내력을 집중하여 땅을 찼다.

쿵! 쿵! 쿵!

보법의 현묘함은 눈을 씻고 찾아봐도 없는 투박한 발걸음이었다. 머릿속에 기억한 지도를 상기하면서 피월려는 거지촌을 향해 빠른 속도로 내달렸다. 많은 사람과 마주쳤지만, 피월려의 얼굴에는 조금의 주저함도 없었다. 그는 오히려 검을 먼저 빼 들고, 마기를 주입하며 살벌한 기운을 전신에서 내뿜을 뿐이었다.

그가 거지촌에 도착했을 때는 그의 머리카락이 이미 사방으로 비산해 한 마리의 짐승을 보는 듯했다. 눈은 빨갛게 충혈되어 먹이를 찾는 맹수의 것처럼 차갑게 빛이 났다.

"아… 아…….."

갑자기 앞에 선 피월려의 모습에 겁을 집어먹은 어린아이가 바닥에 주저앉았다. 아이는 쌀이 담긴 바가지를 들고 있었는데, 당장 먹을 것이 부족한 거지촌의 생명줄과 같은 쌀을 놔버릴 정도로 공포에 떨고 있었다.

피월려는 검을 뽑았다.

스릉.

그의 입가에는 사신의 미소가 자리 잡고 있었다.

"흑의개! 당장 나오지 않는다면, 거지촌을 쓸어버리겠다!"

마기가 뒤섞인 쩌렁쩌렁한 목소리가 거지촌 전체를 뒤흔들었다. 그 소리를 들은 거지들이 모두 밖으로 튀어나와 피월려를 두려운 눈빛으로 바라보기 시작했다. 그런 그들을 벌레처럼 생각하며 쭉 훑은 피월려가 다시 말을 이었다.

"안 나오겠다면, 어쩔 수 없지!"

피월려는 검을 휘둘러 앞에 있는 어린아이를 벴다.

아니, 베려 했다.

챙!

그의 검에 튕겨진 비도는 피월려의 검의 궤도를 틀었다. 때문에 옆을 지나갔을 뿐, 어린아이는 상처 하나 입지 않았다. 아이는 소리를 지르며 움직이지 않는 다리를 질질 끌어 겨우겨우 피월려에게서 벗어났다.

피월려는 비도가 날아온 곳으로 시선을 돌리며 말했다.

"무슨 짓이오, 주 소저?"

온몸이 땀에 젖은 채 격한 숨을 몰아쉬던 주하는, 가슴팍을 부여잡고 느릿하게 대답했다.

"없었습니다… 추적자는……."

"개방의 흑의개니 이 정도의 협박으로는 나오지 않는 것이오."

"그래서 어린아이를 죽이시겠다는 겁니까?"

피월려의 한쪽 입꼬리가 올라갔다.

"내가 설마 어린아이를 죽이겠소? 이건 단순히 협박이었소만."

주하의 표정은 극히 어두워졌다.

"아니요. 그건 진심이셨습니다."

피월려는 검을 고쳐 잡았다.

"감히 내 앞길을 막겠다는 것이오?"

주하의 눈빛에 간절함이 자리 잡았다.

"피 대원. 마기에 지배되지 마십시오."

피월려는 허리를 뒤로 젖히고 광오하게 웃었다.

"크하하하하! 크하하! 내가! 내가? 마기에 지배되고 있다고 생각하시오? 말도 안 되는 소리를 하는군! 내가 마기에 지배되었다면, 그런 복잡한 추측과 논리로 이런 계획을 어찌 세울 수 있었겠소? 진작 사람들을 도륙했을 것이오."

그의 마기는 하늘까지 미치는 듯했다.

그녀가 아는 가장 빠른 경공으로 내력을 고갈시키면서까지 달려왔다. 그리고 겨우 살겁을 막아내었다. 주하는 침을 삼키며 몸의 내공을 진정시키며 생각했다.

피월려의 논리는 듣고만 있으면 말이 되는 듯했다. 하지만 가만히 생각해 보니 허점이 한두 군데가 아니다. 마치 억지로 결과를 도출하려는 듯, 논리를 질질 끌고 가는 듯한 느낌.

그것은 마기로 인한 살인 욕구를 어떻게든 참아내려는 용안심공과 극양혈마공의 정신적 싸움에서 비롯된 것이며, 결국 극양혈마공의 승리로 인해 완성된 거짓 논리이다.

어떻게 해야 하나 생각이 나질 않았다. 주하는 일단 시간을 벌기 위해서 대화를 이끌었다.

"아직까지는 희망이 있습니다. 하지만 그 아이를 죽였다면, 돌아올 수 없는 강을 건넜을 겁니다."

피월려는 사백안이 돼버린 두 눈을 번뜩이며 고개를 저었다.

"아까부터 계속 내 신경을 거슬리게 하는데… 난 죽이려는 시늉만 했을 뿐이오. 그 아이의 피부 위에서 딱! 검을 멈췄을 거란 말이오. 그러면 우리를 추적하던 흑의개가 모습을 드러냈을 텐데, 주 소저 때문에 계획이 망가졌소. 이를 어찌 책임지시겠소?"

주하는 긴장한 표정으로 품속에서 비도 두 개를 꺼내서 양손에 쥐었다.

"깨어나십시오, 피 대원. 흑의개는 없습니다. 그 폭탄마도 개방의 인물이 아닙니다. 그 모든 건 혈겁을 일으키고자 하는 마기의 정신적인 영향입니다."

피월려는 혀를 내밀었다. 그러고는 대검을 혓바닥으로 핥으면서 나지막하게 말했다.

"아니오. 내 감은 절대 그렇게 말하지 않았소. 내가 지금까지 어떤 길을 걸어왔는지 모르시오? 수많은 생사의 갈림길 속에서 단련된 감이오."

"피 대원, 피 대원의 육체는 내상과 외상을 치료하기 위해서 극양혈마공의 기운을 한층 끌어다 썼습니다. 눈에 보이는 직접적인 변화가 없던 것은 피 대원이 심공으로 끝까지 막으려 했기 때문입니다. 하지만 그도 한계가 있습니다. 극양혈마공은 이미 통제를 벗어났습니다."

"주 소저가 무슨 말을 하는지 모르겠소. 나는 정신이 이리도 맑은데 무슨 소리를 하는 것이오?"

주하는 다급한 마음에 소리를 내질렀다.

"십 년입니다, 십 년!"

"……."

"단 하룻밤 사이에 십 년의 내공입니다. 그 정도의 내공을 얻었습니다! 폭주하지 않으면 이상한 겁니다!"

"……."

"피 대원. 제발 제정신을 되찾으십시오."

주하의 진심 어린 외침이 통한 것일까? 피월려의 마기가 서서히 수그러들기 시작했다. 주하의 눈빛에 희망이 생기기 시작했다.

곧 피월려가 음산한 목소리로 중얼거렸다.

"그런 것이군."

"……."

"천마신교에서 명령이 내려온 것이군."

"피 대원?"

"나를 죽이라고 명한 것이오? 이젠 내가 필요하지 않은 것이야? 그런 거냐!"

주하는 숨을 탁하고 내쉬었다.

"제발……."

순간 마기가 씻은 듯 사라졌다.

그리고 피월려의 눈빛에서 마광처럼 폭사되었다.

사라진 것이 아니라 집약된 것이다.

마인이 중얼거렸다.

"역혈(逆血)… 역혈……."

"……."

"역혈. 역혈. 역혈. 역혈. 역혈. 역혈. 역혈."

주하는 즉시 몸을 숨겼다.

그리고 찰나 후, 그 자리에 피월려가 집어 던진 검이 꽂혔다.

쾅!

그 검은 땅을 박살 냄과 동시에 깨지면서 파편을 사방으로 흩뿌렸다.

먹이를 잃어버린 마인은 코를 벌렁대며 하늘 높이 고개를 쳐들었다.

그러고는 킁킁거리며 냄새를 맡았다.

마인은 씩 웃으며 고개를 돌렸다.

그리고 한쪽으로 팔을 크게 휘둘렀다.

으드득!

아무것도 없어야 할 공간에서 뼈가 부러지는 소리가 났다.

"아악!"

갑자기 모습을 나타낸 주하가 비명을 질렀다. 그녀는 그 순간에도 두 비도를 피월려의 팔 관절에 정확히 박아 넣었지만,

그것으로 피월려의 움직임을 멈출 순 없었다. 그의 주먹이 그대로 그녀의 왼팔 뼈를 부러뜨린 것이다.

이것은 명백한 그녀의 실수다. 팔 관절이 아니라 피월려의 목과 머리에 두 비도를 던졌다면 이렇게 당하지만은 않았을 것이다.

하지만 그녀도 알 수 없는 이유로 마지막에 그녀의 두 비도는 피월려의 팔을 공격해 버렸다.

왜 그랬을까?

주하가 의문을 품음과 동시에 피월려의 손이 그녀의 목덜미를 물었다.

"크흑!"

피월려는 그녀의 몸을 통째로 든 뒤, 한쪽에 아무렇게나 집어 던졌다. 주하의 몸은 마치 돌멩이처럼 날아가 땅에 내팽개쳐졌는데, 그녀는 마치 기절해 버린 것 같았다.

그녀의 몸은 미동조차 하지 않았고, 그것을 확인한 피월려는 그녀에게서 관심을 돌렸다. 그는 대신 그의 마기에 짓눌려, 그 자리에 주저앉은 수십 명의 거지를 보았다.

씨익.

미소가 얼굴에 그려졌고, 거지들은 죽음을 직감하며 모두 눈을 질끈 감았다.

그때였다.

쐐애액!

마인은 짐승의 감각으로 몸을 아래로 숙였다. 그 즉시 마인의 머리카락이 휘날리는 곳에 두 개의 바람 구멍이 만들어졌다. 완전히 동그란 그 두 구멍은 성인 남성의 머리가 들어갈 정도로 컸다. 그리고 그도 모자라서, 뒤의 땅을 조금 파내었다.

"웬 미친개 한 마리가 거지촌에 나타났나 했더니… 마교의 개로구나."

허리가 직각으로 완전히 구부러진 한 늙은 거지가 피월려 앞에 섰다. 그는 지팡이 대신 길이가 한 장이나 되는 봉을 짚고 서 있었는데, 그 끝에 음각으로 타구봉이라 쓰여 있었다.

노인의 허리춤에는 여섯 매듭이 있는 허리띠가 걸려 있었다.

"역혈. 역혈. 역혈."

피월려가 중얼거리자 노인이 혀를 찼다.

"쯧쯧쯧. 요즘 개들은 이상하게 짖는구먼. 나 때만 하더라도 왈왈거렸는데. 말세야 말세."

"역혈. 역혈. 역혈."

"은퇴하고 잘 쉬는가 했는데 말년에 영 짜증 나는 일이 생겨 버렸군. 살겁을 눈앞에서 지켜보고만 있을 수도 없고. 에고… 봉력을 두 번 쏘아 보냈다고 머리가 어질하니 이렇게 늙어버린 몸으로 시간이라도 잘 벌 수 있을까 모르겠다.".

"역혈. 역혈. 역혈."

"그래, 그래. 놀아주마. 미친개야. 주인이 없으니, 나라도 놀아줘야지. 들어오려무나."

"역혈!"

피월려의 육신이 물고기처럼 움직였다. 정면으로 들어오는 것을 본 늙은 거지는 타구봉에 내력을 담으며 정면의 위에서 아래로 내려쳤다.

너무나 뻔한 수법이었기 때문에, 피하거나 막을 것이라 예상하고 그다음 수를 생각하던 늙은 거지는, 순간 피월려가 머리를 그대로 밀고 들어오는 턱에 당황하지 않을 수 없었다.

빠각!

타구봉이 정수리를 쳤다. 하지만 올라오는 피월려의 머리는 조금도 막히지 않았다. 그는 입을 쫙 벌리면서 늙은 거지의 목덜미를 물려 했고, 늙은 거지는 순간적으로 보법을 펼치면서 달아나려 했다.

하지만 거리가 너무 짧았다.

와그작!

피월려의 이가 늙은 노인의 왼 어깨에 파고들었다. 피월려는 양손으로 왼팔을 잡았고, 이로 어깨를 고정한 뒤 그대로 팔을 뽑았다.

푸슈숙!

피가 솟구치는 가운데, 늙은 노인의 표정은 전혀 변하지 않았다. 오히려 노인은 오른팔로 든 타구봉을 내려치면서 피월려의 머리를 또 한 번 가격했다.

빠각!

이번에는 타격이 심했는지, 피월려가 뽑혀 나간 팔과 함께 옆으로 나뒹굴었다. 늙은 노인은 거리를 훌쩍 벌린 뒤에 타구봉을 잠시 놓고 팔이 뽑힌 왼쪽에 혈맥을 막아 지혈했다.

"크흠… 미친개가 이빨 한번 좋구나. 늙은 고기라 맛이 있을지 모르겠지만."

늙은 거지는 팔 하나 잃어버린 일을 마치 좋은 옷 한 벌 정도 상한 것처럼 여기는 듯했다.

그는 환갑을 넘으면서까지 이 험한 무림의 세계에서 살아남은 노강호다. 생명의 위협을 항상 감수해야 하는 오결제자로 끝까지 살아남아 모든 자리를 거부하고 은퇴한 개방의 고수들, 즉 육결제자들은 개방의 장로인 칠결제자보다 오히려 그 수가 더 적을 정도였다.

정신력 하나만큼은 이 넓은 중원에서도 찾기 어려운 존재다. 늙은 거지는 한쪽을 바라보며 독백을 이었다.

"조금만 더 버티면 될 텐데. 내 십 년만 젊었어도… 오늘 여기서 죽을 팔자구나."

늙은 거지는 체념했다. 눈을 감은 늙은 거지는 모태로부터 받은 선천지기를 끌어모았다. 이미 수명이 얼마 남지 않아, 그 선천지기조차도 미약했지만, 그것이라도 필요했다.

늙은 거지가 눈을 떴을 땐, 이미 피월려가 입을 쫙 벌린 채 날아오고 있었다.

*　　　　　*　　　　　*

처음 눈을 뜨자마자 든 생각은 욕설이었다. 평생 동안 할 기절을 최근 일 년간 다 한 기분이다.

드문드문 끊긴 기억이 상기되어 점차 시간 순으로 연결되면서 선명해짐과 동시에, 오랫동안 빛을 보지 못한 눈은 시야를 확보하려 하고 있었고, 정신은 그 둘을 동시에 하기 위해 심장에 명령을 내려 대량의 피를 공급받으려 한다. 하지만 뻐근한 뒷목의 고통이 그조차 막아버려 결국 시야를 포기하고 눈꺼풀을 감으라는 명령을 내린다. 하지만 무인의 감각상 그걸 포기했다가는 생명의 위협을 받을 수도 있으니 억지로 눈꺼풀을 들어올린다. 그러다 보면 결국 뇌는 기억의 재생을 포기하고 현실에 집중하게 되는데, 그 와중에도 완전히 포기를 못하는지 자꾸만 귀찮은 장면들이 솟아오른다.

애써 무시해 보지만 자꾸 관심이 가는 건 어쩔 수 없다.

피월려는 기억의 파편에서 몇 가지 사실을 유추했는데, 그 중 가장 큰 것은 그가 자기 손으로 주하를 죽음에 내몰았다는 부분이었다. 만약 주하가 그의 공격으로 죽음이라도 당했다면, 정말로 돌이킬 수 없는 일을 저지른 것이기 때문이었다.

그는 탄식을 내뱉었다. 아니, 내뱉으려 했다.

그의 몸은 돌덩이가 된 것처럼 숨을 조금 급하게 쉬는 것조차 할 수 없었다. 슬며시 움직이려 하자 찌릿한 고통이 전신에서 느껴져 결국 움직이는 것을 포기해야 했다. 그나마 고통 없이 움직일 수 있는 건 눈동자뿐이었기 때문에, 그는 눈을 쉴 새 없이 돌리면서 주변 상황을 제대로 인식하기 시작했다.

퀴퀴한 냄새는 지하라는 것을 말해주었고, 어두운 곳에 일렁이는 횃불의 불빛이 그것을 확신시켜 주었다. 그 외에 특별히 알아낼 수 있는 것이 없었는데, 문득 그의 코 주변에 솟아난 금색의 무언가가 시야에 잡혔다. 그는 안간힘을 써 사시로 그것에 초점을 맞췄는데, 그것은 다름 아닌 금으로 만든 대침(大鍼)이었다.

피월려는 호흡을 한번 길게 가져가 보았다. 천천히 공기를 흡입하면서 복부를 팽창시켰다. 그랬더니, 팽창하는 복부와 함께 찌릿한 고통이 강해지고 있었다. 어느 한계 지점부터 갑자기 고통이 찾아오는 것이 아니라 살과 근육이 넓어지는 그 비율만큼 연속적으로 찾아왔다.

이건 상처로 인한 고통이 아니다. 무수히 많은 침이 전신에 박혀 움직임을 봉하고 있는 것이다.

그 뜻은 이곳이 천마신교는 아니라는 말이다. 모두가 역혈지체를 가지고 있는 천마신교의 마인들은 침으로 몸을 치료하는 경우가 거의 없다시피 하다. 정상적인 혈로를 가지고 있지 않으니, 수천 년 동안 발전해 온 중원의 침술이라도 쓸 수 있는 것이 전혀 없기 때문이다. 오로지 극소수의 마인들만 침술을 연구하는데, 이도 치료 목적이라기보다는 무공의 일환으로 사용하는 것이다. 순수한 의술로 침술을 공부하는 마인은 천마신교 내에서 손에 꼽힌다.

피월려는 소리를 내려 했다. 하지만 소리조차 나오지 않았다. 목에만 수백 개가 박혀 있는지 성대를 조금 움직이는 것도 불가능했다. 그가 할 수 있는 것이라고는 숨을 느리게 쉬는 것과 눈알을 굴리는 것뿐이었다.

서서히 몸의 감각이 복구되면서 전신에서 느껴지는 미세한 고통들이 뇌에 전달되기 시작했다. 피월려는 용안심공을 가동했다. 그 신묘한 심공은 몸과 기혈 혹은 내력을 움직이지 않고도 가능하기에, 지금과 같이 억제된 상황에서도 사용할 수 있는 유일한 무공이다. 정신력이 확장되며, 작은 고통을 일일이 세는 것과 더불어 그 위치를 파악했다.

억겁과 같은 시간이 걸리겠지만, 그리 문제가 되지 않는다.

지금 그가 가진 게 시간 말고 뭐가 있단 말인가? 그는 마음을 차분하게 먹고 고통을 하나하나 세기 시작했다.

백이 넘어갔을 때 피월려는 감탄했고 천이 넘어갔을 때 경악했다. 그리고 만이 넘어갔을 때, 그는 무한한 존경심을 느꼈다. 침의 개수는 총 일만 육천삼백팔십사. 찰나를 셀 수 있게 만들어주는 용안심공으로도 벅찬 숫자였다.

과연 이것이 현실적으로 가능한가?

"뭐 해? 체온이 엄청 높네. 지금 넌 땀도 마음대로 흘리지 못하는 신세니, 그러다가 고체온으로 죽어."

생기가 넘치는 젊은 여인의 목소리. 피월려는 그 주인을 기억해 냈다. 단 한 번의 만남이었지만 그 인상 깊은 여인을 누가 잊을 수 있을까?

제갈미는 꼴좋다는 미소를 머금고 피월려의 앞에 나타났다.

그녀는 피월려를 정면으로 바라보고 있었는데, 그것을 보고서야 피월려는 자기가 누워 있는 것이 아니라 공중에 선 채로 떠 있다는 것을 깨달을 수 있었다. 피가 흐르는 핏줄조차 침의 영향을 받아 위아래의 구분이 불가능했기 때문에 제갈미를 보고서야 중력의 방향을 가늠할 수 있던 탓이다.

그녀는 피월려의 목에 박힌 금침을 뽑아내었다. 정확히는 성대에 박힌 침이었다.

"제갈미?"

제갈미는 귀를 가져다가 피월려의 입에 닿을 듯 가까이 댔다. 소녀의 풋풋한 살 냄새가 피월려의 코를 자극했다.

"잘 안 들려. 뭐라 말했어?"

"제갈미……."

"응. 나야? 기억하네?"

"여, 여… 긴?"

"개방이야. 개방에서 가장 중추적인 곳이지. 얼마나 은밀한 곳인데. 이곳의 위치를 아는 개방의 제자들은 장로나 방주가 아니고선 평생 이곳에서 나가지 못해. 그 정도로 정보 보안이 철저한 곳이지. 나도 여기 들어올 때, 기절해서 내려왔다니까? 웃겨, 정말. 이미 어딘지 알고 있는데, 호호호."

"개, 개방?"

"뭐야? 너무 소리가 작잖아. 하아! 하는 수 없지."

착!

제갈미는 양손의 소매를 걷더니, 본격적으로 금침을 빼내었다. 마구잡이로 손을 놀리는 것 같았지만, 머리카락보다 얇은 금침이 한 번에 수십 개씩 빠지는 것을 보면 무림인의 손길만큼이나 섬세한 움직임이었다.

차라락, 차라락.

바닥에 떨어진 수십, 수백 개의 금침은 떨어진 충격에 산산

조각 났다. 너무나 얇아 그 정도의 높이도 견디지 못한 것이다. 그것이 반복되면서 귀를 간질이는 아름다운 소리가 났는데, 마치 파도에 휩쓸린 모래가 내는 소리 같았다.

피월려의 입가에서부터 목을 타고 내려와 흉부까지. 제갈미는 인간이 목소리를 내는 데 필수적인 근육에 박힌 금침만 정확히 제거했다. 어찌나 정확한지, 말을 하는 데 전혀 문제가 없었지만 그 외에는 전과 완전히 동일함을 느꼈다.

피월려가 말했다.

"가래 좀."

"뭐? 으엑. 더러워. 얼른 뱉어."

"카악! 퉤!"

제갈미가 몸을 뒤로 돌린 채 몸을 과장되게 부르르 떨었다. 그리고 침이 땅에 닿는 소리에 한 번 더 떨며 혐오감을 온몸으로 표현했다.

피월려는 혀를 몇 번 돌리면서 입안의 텁텁함을 느꼈다.

"별로 안 지났군. 반나절? 한 술시(戌時) 정도 됐겠군."

제갈미가 갑자기 눈을 반짝거리며 물었다.

"이제 막 술시 초야. 어떻게 알았어?"

"오리를 아침이나 점심에 먹진 않았겠지. 또 하루 이상 지났다고 하기에는 입안이 아직 덜 건조하니……."

제갈미는 자기 몸에 코를 대고 쿵쿵거리더니 중얼거렸다.

"냄새 많이 나? 아… 창피해."

"반나절이나 흙냄새만 맡고 있어서 코가 민감해져 알아챈 거지. 보통 남자라면 몰랐을 거다."

"흐응? 그렇단 말이지? 뭐, 그러면 상관없겠지."

제갈미는 방긋 웃었다. 그것을 웃음 그 자체로 받아들일 수 없던 피월려가 중얼거렸다.

"고문인가?"

제갈미는 미소를 유지했다.

"왜? 왜 그렇게 생각해?"

"천마신교의 제자가 개방의 제자를 죽였으니… 당연한 수순이지."

"오호? 죽인 건 기억나? 아주 미친개 한 마리가 따로 없었다던데."

"팔이 뽑힌 채로 선천지기를 끌어 올리던 노인이 기억난다. 내가 살아 있다면, 그는 죽었겠지."

"맞아. 그 노인은 죽었어."

"역시……."

"그 외에 열다섯이 더 죽었지. 그건 알아?"

"……."

"기억 안 나나 보네?"

"흑……."

"혹 뭐?"

"아니다."

"뭐가 아니야?"

"아무것도 아니라고."

"왜? 미친 자신이 아무것도 모르는 어린애라도 죽였을까 봐 겁나?"

정곡을 찔린 피월려가 입을 다물었다. 제갈미는 피월려의 얼굴을 잡고 발끝을 들어 그의 시선을 정면에서 마주 보았다. 서로의 모공이 보일 정도로 가까운 거리에서, 제갈미가 감정 없는 눈빛으로 피월려의 눈동자를 주시했다.

"세 명이야. 여섯 살, 열한 살. 한 명은 나이 미상이지만 열 살 이하인 건 확실하지."

"……."

"무공을 익히지 않은 여자는 두 명. 그중 한 명은 풍 때문에 도망갈 생각도 하지 못하고 죽었지. 아, 참고로 방금 말한 여섯 살은 그 여자의 딸이야. 넌 모녀를 한 방에 보냈지. 저승 길 외롭지 말라는 거였어?"

"……."

"무공을 익히지 않은 남자는……."

"됐다."

제갈미의 감정 없는 눈동자에서 처음으로 하나의 감정이

새어 나왔다.

그것은 바로 호기심이었다.

"오호라? 넌 거기구나?"

"뭐?"

"넌 거기라고."

"뭐가 거기라는 거지?"

"살인에서 벗어날 수 없는 무림인은 어쩔 수 없이 자기만의 기준을 세우잖아? 그러니까, 기분이 더러운 살인과 기분이 안 더러워도 되는 살인을 나누는 기준점 말이야."

"……"

"넌 무공을 익히지 않은 아이나 여인을 죽이는 건 기분이 더럽지만, 무공을 익히지 않은 남자는 죽여도 괜찮은 거지. 거기가 너의 기준점이야."

"그런 일차원적인 기준점을 가졌다가는 지금까지 정신을 제대로 유지할 수 없었을 거다."

"일차원적인 기준점이라? 그게 뭐야?"

"대상의 특징을 가지고 판단을 내리는 기준점이지. 대상이 여자라고 죽이지 않고. 어린아이라고 죽이지 않고… 혹은 남자라고 죽이고, 중원인(中原人)이 아니라고 죽이고……. 그런 식의 기준은 필연적으로 모순을 낳는다."

"그럼 너의 기준점은 뭔데?"

"나를 죽이려 했느냐, 아니냐. 내 앞길을 막았느냐, 막지 않았느냐. 내 생명에 지장이 생기는가, 아닌가."

"……."

"내게 있어 대상의 특징은 중요하지 않다. 남자든 여자든, 어린아이든 어른이든. 대상이 어떤 종류의 인간인가는 내가 그를 죽이느냐 마느냐의 판단에 작은 영향을 미칠 뿐이다."

"대상의 행동을 가지고 판단한다는 거네? 특징이 아니라. 마치 백도무림의 꼰대들 같은데? 악인이면 어린아이라도 처단하는 노친네들 말이야."

"단순히 행동을 가지고 판단하는 게 아니다. 나에게 한 행동만을 가지고 판단하는 거다. 그 외에는 관심 없다."

"아하? 그게 다르구나. 흐음… 나름 괜찮은 기준이라고 생각해. 독선적인 거보다는 훨씬 낫지."

"하지만, 최근 들어 그 기준도 기준이라 할 수 없을 정도로 망가졌지. 본 교를 위해 무공을 모르는 여인을 죽이기도 했고, 입을 막아야 하는데도 어린아이라고 살려줬어. 이젠 나와 아무런 상관없는 모녀까지 죽였군."

"그래서 후회해?"

"어."

"오, 정말? 의왼데. 후회란 말을 할 줄이야."

"후회를 한다는 건 다시 되돌아간다면 바꾸고 싶다는 말이야. 얼굴도 기억나지 않는 모녀 거지를 죽인 건 상당히 개 같아. 아무리 마공이라지만, 내가 한 일임은 틀림없지."

"그래서 어떻게 보답할 건데?"

"사람을 죽인 걸 어떻게 보답해야 하는데?"

"그건……."

제갈미는 말문이 막혔다. 피월려가 허무하기 짝이 없는 목소리로 나지막하게 말했다.

"방법을 안다면 기꺼이 하겠다. 하지만 그런 건 존재하지 않아. 생각해 봤자, 의미 없지."

"……."

"그래서 물을 것이 뭐야? 혹시 모르지. 또다시 무슨 변덕이 생겨서 순순히 대답해 줄지. 알고 싶은 걸 물어봐."

제갈미는 묻지 않았다. 대신 한동안 피월려를 빤히 바라보고만 있었다. 티 한 점 없이 맑은 그녀의 눈가에 맺힌 감정이 무엇인지 피월려는 확신할 수 없었다. 실망? 감탄? 혐오? 존경? 하다못해 긍정적인지 부정적인지도 모르겠다.

곧 그녀가 빨간 입술을 열었다.

"먼저 묻고 싶은 게 있으면 물어봐. 말할 수 있는 데까지 말해줄게."

의도는 모르겠지만, 그것을 감수하고서라도 알고 싶은 것이 피월려에겐 있었다.

"내 동료가 있었을 텐데."

"아, 그 여자?"

"죽었나?"

"아니, 살았어. 지금 네 옆에 있어."

피월려는 눈동자를 움직였지만, 시야에 들어오진 않았다.

"숨소리도 들리지 않는데?"

"숨을 안 쉬니까."

"죽지 않았다며?"

"내가 한 게 아니야. 우리가 회수할 때 이미 귀식대법(龜息大法)이라도 펼친 거 같아. 다른 점이 있다면, 완전히 밖과 단절됐다는 거? 저래 가지곤 심문도 고문도 소용없어."

귀식대법은 암공의 일종으로 동면을 취하는 동물에서 영감을 얻어 만들어진 것이다. 이를 펼치는 고수는 마치 죽은 것과 같이 호흡하지 않고, 심장도 뛰지 않으며 음식을 섭취하지도 않는다. 본래 목적은 오랜 시간 잠복하기 위해서지만, 그 구결이 널리 퍼지면서 다양한 암공으로 발전했다. 육신의 신진대사를 늦추는 효과를 가진 모든 종류의 암공에 뿌리가 되었다.

피월려가 중얼거렸다.

"치명상을 입었을 텐데……."

"그것도 치료할 겸, 고문도 안 당할 겸, 뭐 겸사겸사해서 귀식대법을 펼친 거겠지. 그나저나 가장 먼저 묻는 게 동료의 신변이야? 이상하네."

"무엇이 이상하다는 거지?"

"마교인인 당신이 동료애가 있을 리는 없고… 그렇다는 뜻은 상황 판단을 동료보다 먼저 해야 할 마땅한 이유가 없다는 뜻이겠지. 임무라든가, 명이라든가……."

"……."

"그치? 그러면 그 혈겁은 특별한 임무를 위해서가 아니라는 뜻이야. 힘들여서 빨리 알아내야 할 정도로 촉박한 건 없네. 속도가 느린 고문 방법으로 천천히 해도 되겠어."

산전수전 다 겪은 피월려도 이건 인정하지 않을 수 없었다.

"대단하군. 그래서 내게 먼저 물으라 한 건가? 내 의중을 파악하려고?"

"응. 어때, 괜찮지?"

"확실히."

제갈미는 자기 머리를 툭툭 쳤다.

"고문자만 질문하라는 법 있어? 상식에서 벗어나는 창의력이 있어야 큰일을 할 수 있지."

"아무렴."

"그럼 고문을 시작해야 하는데… 흐음, 솔직히 말할게. 나 고문하는 거 잘 몰라."

"그게 내 두 번째 질문이기도 하다. 개방의 중추라는 곳에 고문의 실력자가 없어서 널 보내진 않았을 것인데, 왜 네가 여기 있는 거지?"

제갈미는 방긋 웃었다.

"맞혀봐."

"개방도 모르게 몰래 온 건가?"

"정답! 역시 똑똑해."

"그러면 고문할 생각이 없군. 아니, 애초에 고문할 이유도 없지."

"정답! 정답!"

"그러면 여기 온 이유는 하나밖에 없군. 전에 나눴던 제의를 다시 하기 위함인가?"

"정답! 정답! 정답! 축하해. 세 번이나 다 맞췄으니, 엿가락이라도 상으로 주고 싶네. 근데 없어."

"……"

"그래서 좀 높은 자리에는 올랐어?"

"고작 한 달이 지났다. 올랐을 리가 없지."

"정확하게는 십구 일이지. 그래도, 요즘 마교인 많이 죽었잖아? 공적이 없어도 알아서 승급할 텐데."

"많이 죽었다고?"

"응. 아버지께서 직접 백도연합을 이끌고 낙양지부를 공격했으니, 지금쯤이면 결과가 다 나왔을 거야. 이번 일은 살아만 남으면 자동적으로 승급할 정도로 낙양지부의 피해가 막심하다고. 어리석게도 지부 자체를 봉쇄했으니, 살아남는 자가 단 한 명도 없겠지. 너처럼 운 좋게 밖에 있는 사람들에겐 행운 아니야?"

피월려는 잠시 생각을 접어두었던 낙양지부의 절망적인 상황을 상기하자, 조금 침중한 기분이 드는 것을 느꼈다.

"그럴지도 모르겠군."

"천마신교가 숨겨두었던 조화경의 고수만 아니었다면, 이미 개봉도 모두 정리되었을걸? 개봉지부든 백운회든, 검선에 의해서 모두 잿더미가 되었을 거야. 운도 좋아. 어쩌다 그런 고수와 함께 움직여서 살아남았으니. 과거 화산파의 인물이라는데, 성정은 어때? 아래서 일할 만해?"

"좋은 지도자다. 백도무림 출신이라 그런지, 하수라 할지라도 다른 사람을 존중하는 예의가 있지. 혹 그가 누군지 아는가?"

"아니, 잘 몰라. 화산파의 치부인 매화검수 사건은 그쪽에서 철저하게 입단속을 시키니까. 하지만 그 사건의 장본인이라는 것만 알지. 매화검수 사건."

"매화검수 사건?"

피월려는 전에 혈적현이 언급했던 것을 기억했다. 그때는 상황이 상황인지라 묻지 못했는데, 다시 들으니 궁금증이 들었다.

"몰라?"

"무슨 사건이지?"

"사실 별건 아니야. 화산파의 젊은 신진고수들로 구성된 매화검수 중 일부가 장로회의 명령을 정면에서 반박했지. 그러다 칼부림까지 갔는데, 그중 상당수가 실종되었어. 백도무림에서는 당연히 화산파에서 모두 살해하고 실종이라 발표했다고 생각했는데, 지금 보니 마교에 가 있는 거 아니겠어? 그것도 조화경을 이룬 채로. 흥미로운 일이지."

"……"

"네 상급자가 그런 인물이라면, 충분히 내 제안을 다시 제의할 만해. 그래서 여기 온 거야."

"그전에, 그가 내 상급자라고 믿는 이유는?"

"그건… 나가면 자동적으로 알게 될 거야. 우선 풀어줄게."

제갈미는 다시 소매를 걷었다. 그러고는 피월려의 머리부터 빠른 손길로 금침을 모두 빼내고 있었다.

그녀는 침을 빼는 데 집중하면서 말했다.

"크응. 이거 다 꽂아 넣는데 얼마나 걸린 줄 알아? 고명한 침술사 열 명이 달라붙어서 아주 죽이 됐다고."

얼굴 근육을 이제 막 움직일 수 있게 된 피월려가 작은 미소를 지었다.

"팔다리를 부러뜨릴 수도 있었을 텐데 이런 귀찮은 방법으로 포박해 줘서 고맙다고 해야겠군."

"마기의 폭주를 막기 위해서 기혈을 정지시킬 필요가 있었어. 그래서 네 단전을 살폈는데 내력의 중심이 아니더라? 그래서 깨달았지. 무단전의 마공이라는 걸……. 도대체 무단전의 마공이 폭주하면 뭘 어떻게 하라는 건지 한참을 고민했어. 그러다가 그냥 무식한 방법이 떠올랐지."

"온몸의 혈로를 모두 봉하는 것? 근데 이렇게나 많이 필요한가? 고작해야 삼백에서 사백 개일 텐데."

"정상적인 인간의 몸이라면 그렇지. 이건 역혈지체잖아. 그래서 혈로로써 가능성이 있는 모든 구멍을 다 막아버렸어."

"……."

"말했잖아. 그냥 무식한 방법이라고."

"확실히 무식한 방법이긴 하군. 그런데 다른 건 몰라도 양기 자체를 처리할 순 없었을 텐데."

"알아서 처리했으니까, 자꾸 쓸데없는 걸 물어보지 마."

그녀는 더운지 이마에 송골송골 맺는 땀을 닦아냈다. 그러다가 결국 외투를 벗어 던졌다. 피월려는 땅에 떨어진 외투를 보며 나지막하게 물었다.

"설마 했는데, 역시 본체(本體)군."

전에 숲에서 봤을 때, 제갈미는 환영과도 같았다. 말과 행동은 인간의 것과 다름이 없었지만 그 몸을 만질 수 없었던 환영체(幻影體). 하지만 지금 이곳에 있는 제갈미는 그녀 자신이다.

"응? 아… 확실히 본체이긴 하지만 내 몸을 보호하는 최소한의 기문둔갑은 몸에 두르고 있지. 그리고 또 다른 기문둔갑을 펼치고 있으니, 내 몸을 투영하는 수준의 기문둔갑까지 세 개를 동시에 할 수는 없어."

"무슨 또 다른 기문둔갑을 펼치고 있는데?"

"개방에서 날 방해하려 할 테니까… 이 공간 자체를 숨기고 있거든."

공간 자체를 숨긴다. 그것도 개방의 안마당에서.

그녀는 그녀 스스로 자기의 기문둔갑 실력이 제갈세가에서 두 번째라고 했다. 제갈세가보다 더욱 뛰어난 기문둔갑을 가진 가문이 중원에 없다는 걸 가정하면, 그녀의 실력은 중원 전체에서 이 위다.

피월려는 묻지 않을 수 없었다.

"그 정도 실력을 가지고 있으면서, 왜 입교하려는 거지?"

제갈미는 코웃음을 쳤다.

"난 한마디도 안 했는데… 왜 내가 입교한다고 생각해?"

"네 제의가 그거라고 생각하는데. 그게 아니라면, 날 탈출시킬 이유가 없어. 본 교에서의 내 위치를 묻는 것도 그렇고. 가문을 싫어하는 것도 그렇고."

"…티가 아주 많이 났나 봐? 하지만 그건 내 목적이 아니야. 과정일 뿐이지."

"그럼 목적은?"

제갈미는 말없이 금침을 뽑는 데 집중했다. 하지만 속도는 오히려 느렸다.

피월려가 재촉하지 않자 그녀가 스스로 먼저 말했다.

"제갈세가를 부숴 버리고 싶어."

항상 어딘지 모르게 가벼운 그녀가 지금까지 한 말 중 가장 무거운 느낌이었다. 이미 예상했던 답인 만큼, 피월려는 즉시 질문할 수 있었다.

"서녀(庶女)인가?"

"응. 머리가 좋지 않았다면 그냥 노예로 살았을 거야."

"어머니가 시녀였군."

"아니, 그것도 아니야. 그냥 노리개였어. 적적한 밤에 가지고 놀기 좋은 노리개."

"……"

"잘나신 능수지통의 치부 그 자체지. 난 그 치부의 결과고."

"그래서 가문을 모조리 부수겠다니. 능수지통이 자식 농사는 망쳤군."

"입조심해."

그녀는 금침 하나를 들고 피월려의 눈가에 가져가며 그를 협박했다. 하지만 전혀 위협적이지 못했다.

피월려가 화제를 돌렸다.

"그래서 굳이 입교를 하겠다니. 그냥 안에서부터 천천히 망가뜨리는 편이 좋지 않아?"

"다 계산해 봤지. 하지만 길이 안 보였어. 마교의 도움 없이는 불가능해."

"네 이야기가 모두 맞다고 치자. 그런다고 마교에서 순순히 널 받아줄 것 같아?"

제갈미는 대수롭지 않게 말했다.

"그래서 널 구해주고 있잖아. 네가 날 보호해야지."

"나도 갓 입교한 몸이야. 내가 누굴 보호한다는 거지?"

"상관없어. 일단 약속해. 최선을 다해서 날 변호하겠다고."

"약속 안 하면?"

"안 구해줄 거야."

"약속해 놓고 어기면?"

"죽어서 원망해 주지."

"그뿐?"

"그거 말고 뭐가 더 있어."

"하하하. 도박도 그런 도박이 있을까? 정말로 그런 거냐?"

"……."

제갈미는 낮게 가라앉은 눈으로 금침을 빼낼 뿐 대답하지 않았다. 피월려는 그녀가 진심임을 깨달았다.

"왜 이런 도박수를 두는 거야? 머리가 좋은 사람은 절대 이런 도박을 하지 않을 텐데."

한참 뒤 그녀가 조용히 대답했다.

"그럴 이유가 있어."

"말할 수 없나?"

"만약 내가 살아남아 제갈세가가 잿더미로 변하는 광경을 직접 눈으로 목격한다면… 그때 말해줄게."

"……."

제갈미는 자기가 서녀라는 것도 아무렇지 않게 말했다. 그것까지도 말한 그녀가 숨기는 게 있다면 필시 놀랄 만한 이유일 것이다.

"상체를 움직여 봐."

제갈미의 말에 피월려는 팔을 움직였다. 허리를 돌리기도 하고 목을 움직이기도 했다.

이상은 없었다.

그는 그제야 옆에 있는 주하의 모습을 볼 수 있었는데, 그녀는 공처럼 동그랗게 말려 있는 상태로 누워 있었다. 눈으로 직접 보고 있어도 생기를 찾아볼 수 없을 정도로 시체 같았다.

제갈미가 그에게 물었다.

"괜찮아? 몸은 움직일 만해?"

"내력이 느껴지지 않는 것만 빼면 괜찮다. 그런데, 주 소저를 깨울 수 있어?"

"주 소저가 저 여자를 말하는 거라면 불가능해. 아까도 말했듯이, 외부와 완전히 단절됐어. 아무런 정보도 없는 상태에서 깨어나는 방법을 알아내려면 꽤 오랜 시간이 걸릴 거야."

"큰일이군. 그녀의 도움 없이 여기서 빠져나가려면 꽤 힘들 텐데. 내 내공은 언제 돌아오지?"

"적어도 두 시진. 하지만 폭주 상태 그대로 돌아올 거야. 이 금침들은 내력을 정지시키는 역할을 할 뿐이지, 치료하는 게 아니니까."

"…너 생각이 있는 거냐? 이 상태로 어떻게 여기서 빠져나가라는 거야?"

"그건 걱정하지 않아도 돼. 조금만 더 시간이 지나면 자동적으로 알게 될 거야."

"……."

"믿어."

피월려에겐 선택권이 없었다. 어차피 이대로 고문을 당하느니 뭐라도 하는 게 더 낫다.

그렇게 한동안 제갈미는 피월려의 하체에서 금침을 빼내었다. 그의 생식기나 항문 언저리에서 뽑을 때는 민망함을 이기지 못한 피월려가 여러 번 기침을 했지만, 정작 제갈미는 눈빛 하나 변하지 않고 일을 끝마쳤다.

"여기, 이 옷 입어."

금침을 모두 제거한 제갈미가 옆에서 평범한 남자 옷을 건넸다. 피월려는 그것을 입고는 주하에게 다가가 그녀의 목에 손을 대어보았다. 확실히 맥박이 느껴지지 않았고 신체도 극히 차가웠다.

도저히 살아 있다고 생각할 수 없는 수준이다.

"아무리 봐도, 죽은 것 같은데."

"죽은 것과 다름이 없을 뿐, 죽은 건 아니야. 무슨 암공인지 모르겠지만, 상급 중 상급의 것이 확실해. 누가 봐도 죽었다고 착각할 테니까."

피월려는 그녀를 들었다. 무게도 역시 산 사람의 것이 아니었다. 체격에 비해 훨씬 무거웠다.

그를 어깨에 멘 피월려가 물었다.

"앞으로 어떡할 거지? 난 내력도 없고, 돌아와도 폭주할 텐데."

"잠시만 있어봐. 내가 밖의 상황을 보고 올 테니."

그렇게 툭하니 말한 그녀는 어둠속으로 사라졌다.

피월려는 혹시 몰라, 그 자리에서 움직이지 않았다.

시간이 흐르고, 제갈미가 도착했다. 전신에 땀을 뻘뻘 흘리면서 가파른 호흡을 하는 것이 매우 지쳐 보였다.

그녀가 말했다.

"이제 나가도 돼."

"무슨 일을 한 거야?"

"내가 한 일은 아무것도 없지. 그냥 기문둔갑을 유지하느라 힘들 뿐이야. 자, 이걸로 날 포박해."

그녀는 손에 낡은 노끈을 들고 있었다. 피월려는 그걸 받아서 옆으로 버리면서 말했다.

"그런 연출은 오히려 방해만 될 뿐이야."

"날 인질로 잡지 않으려고?"

"진실을 말한다고 해가 되진 않는 일이니까. 그리고 노끈으로 널 포박했다가는 내가 내력이 없는 걸 들킬걸? 오히려 너 정도는 내가 충분히 다룰 수 있다는 걸 보여주기 위해서라도 포박해선 안 돼."

"그런 걸 봐줄 사람은 다 죽었거나 도망쳤어."

"뭐?"

"개방 거지들 말이야. 우리가 나가서 볼 사람은 개방이 아니라 천마신교의 입신의 고수지."

"뭐? 밖에 있어? 나 선배가?"

"아주 제대로 한판 하셨지."

"무, 무슨……."

"나가봐. 그러면 알게 될 거라니까."

제갈미가 앞장섰다. 피월려는 주하를 들쳐 메고 그녀를 따라나섰다.

제오십팔장(第五十八章)

지하에서 나가면 나갈수록, 공기에서 진한 혈향이 배어났
다. 그리고 곳곳에서 비명 소리와 함께 불타는 냄새도 스멀스
멀 콧속을 찔렀다.

　밖에 나오자, 어두운 밤하늘조차 밝히는 화마(火魔)가 사방
을 둘러싸고 있었다. 그 중심에서 피를 뒤집어쓴 채, 시체 더
미의 꼭대기에 걸터앉아 사방을 향해 손가락질을 하며 명령을
바삐 내리는 나지오가 있었다. 그의 옆에는 두 명의 마인이
달라붙어 그를 치료하고 있는 듯했다.

　피월려와 제갈미가 다가가자, 어느새 나타난 마인이 그들을

제지했다. 피월려가 먼저 말했다.

"낙성혈신마다."

"아… 살아계셨습니까? 다행입니다."

말과 다르게 전혀 감흥이 없는 것 같았다. 피월려는 나지오를 보며 말했다.

"부교주님을 뵙겠다."

마인이 무뚝뚝하게 대답했다.

"부교주님도 낙성혈신마님을 한참 찾으셨습니다."

제갈미는 불안한 기색을 감추지 못하고 피월려의 옆에 바짝 붙었다. 아무리 뛰어난 지혜를 가졌다 하나 묘령도 되지 않은 어린 소녀이기에 두려움을 느끼지 않을 수 없던 것이다.

피월려가 다가갔고, 그를 발견한 나지오가 눈을 동그랗게 떴다.

"야! 너 살아 있네! 거봐, 내가 살아 있다고 했지?"

나지오는 옆에 선 마인에게 농을 건넸다. 하지만 마인은 어색한 미소를 지을 뿐, 치료를 계속했다.

피월려가 포권을 취했다.

"부교주님을 뵙니다."

"됐고, 너도 여기 올라와. 지휘 좀 도와줘. 전망이 좋아서 한눈에 다 보인다니까. 그리고 부교주니 하는 소리는 좀 빼고."

"존명."

피월려는 주하를 잠시 옆에 내려놓고, 시체의 산을 올라갔다. 제갈미는 차마 그 위로 따라갈 수 없었던지 주하의 옆에 쪼그리고 앉았다.

그녀를 보며 나지오가 피월려에게 물었다.

"주하는 귀식대법 중인 것 같으니 나중에 깨우면 될 거 같고. 그런데 옆에 있는 여인은 누구냐? 처음 보는 것 같은데?"

피월려는 나지오 옆에 앉으면서 사방을 둘러보았다. 외벽 안쪽으로 눈에 보이는 건물이란 건물은 모두 불타고 있었고, 사방에서 사람들이 죽어나가고 있었다.

피월려가 나지막하게 중얼거렸다.

"제갈세가의 명봉 제갈미이오. 능수지통 제갈토의 여식이라 들었소."

나지오가 아무리 고약한 농을 던져도 절대 집중을 흩뜨릴 수 없었던 두 마인의 손길이 순간적으로 멈췄다. 감히 부교주에게 하오체라니? 하지만 피월려나 나지오나, 마인들이 놀랐다는 사실에 아무런 관심도 없었다.

나지오가 자연스럽게 말을 받았다.

"괜찮은 걸 건졌네. 근데 들은 바에 의하면 명봉은 제갈세가에서 내놓은 자식이라던데 인질로 가치가 있겠어?"

"단순히 인질로 써먹기 위해 데려온 것이 아니오."

"그러면?"

"그녀 스스로 입교를 희망하오. 때문에 그녀가 나를 풀어 준 것이오."

"아, 그래서 살아남았구나. 참으로 다행이야."

"그녀를 어찌하시겠소?"

나지오는 방긋 웃었다.

"네가 데리고 왔으니, 네가 알아서 해. 죽이든 심문하든 아님 그냥 인질로 잡든. 더 이상 지부의 일로 머리 쓰기 싫다. 앞으로 나아갈 길이 너무 멀어."

"……."

그럴 것이다. 부교주란 위치는 천마신교에서 가장 위험하다면 위험한 직위이다. 때문에 나지오도 입신에 올랐다는 사실을 처음엔 숨긴 것이다. 하지만 이제는 만천하에 드러났고, 그 때문에 나지오의 인생은 천마신교에 입교했던 순간만큼이나 큰 변화가 생겼다 말할 수 있었다.

찬찬히 사방을 둘러보던 피월려가 한쪽을 가리켰다.

"저쪽에 마인들을 보내야 할 것 같소."

"왜?"

"내가 개방의 요주 인물이라면 저곳에 도주로를 만들어놨을 것이오."

"흐음, 지리학적으로 말하는 거지?"

"거기에 경험을 덧붙여 말하는 것이오."

"나야 너무 무공만 파가지고 이런 건 잘 모르겠더라고. 이봐!"

나지오가 부르자 즉시 한 명의 마인이 나타났다. 나지오는 그에게 명을 내렸고, 그가 몇몇 다른 마인을 데리고 피월려가 가리킨 곳으로 향했다.

피월려가 그들의 걸음을 보며 말했다.

"마인들의 무공 수위가 그리 높지 않은 것 같소만."

"전투 인원은 없어. 전부 마조대 소속이야. 싸움질은 확실히 잘 못하는 편이지."

"그렇다는 뜻은……."

"뭐, 나 혼자 고생 좀 했지."

당장 그들이 앉아 있는 시체만 해도 백이 넘어갔다. 또한 화마에 휩싸인 집채도 열이 넘었다.

이곳은 개방의 중추적인 곳, 천마신교로 따지면 본부다. 그런 곳을 나지오 혼자 쓸어버렸다는 건가?

입신에 오른 고수의 기습이니 어찌 보면 당연한 결과이다.

피월려가 물었다.

"…검선은 모습을 드러냈소?"

"아니. 그날 개봉을 완전히 떠난 거 같아."

"입신의 고수가 천마신교에 있다는 것을 깨달았으니, 개방이 속수무책으로 당할 거라는 것 또한 짐작했을 텐데. 그럼에도 그가 개봉을 떠났다는 건 필시 더 중요한 일이 있던 것 아니겠소?"

"것보다는 개방에 별로 관심이 없던 거지."

"같은 구파일방이니 개방의 멸문을 가만히 앉아서 보고만 있지 않았을 것이오."

"내가 여길 쓸었다고 개방이 사라지는 줄 아나? 개방은 그런 문파가 아니야. 왜 파(派)가 아니라 방(幫)이 쓰이는지 이유를 생각해 보라고. 타격은 심하겠지만, 멸문이란 단어를 쓰기에는 너무 성급하지. 아직까지 못 찾은 걸 보면, 방주(幫主)도 살아남은 것 같은데 말이야."

"……."

"그래도 그만한 성과는 네가 아니었다면 없었을 거야. 결과론적인 말이긴 하지만, 네 폭주가 개방의 위치를 파악하는 데 결정적인 역할을 했으니까."

"나를 역추적한 것이 맞소?"

"널 회수하기 위해서 마조대를 보냈는데, 개방의 고수들이 먼저 도착했었어. 그래서 그들을 역추적한 거지. 그러다 운 좋게 개방의 본거지가 어디 있는지 알게 되었고, 검선이 개봉에 없다는 확신 아래 기습한 거야. 현 개방에 나를 막을 만한 고수는 없으니까."

"……."

피월려는 잠시 침묵했다.

과연 나지오가 하는 말이 진실일까? 혹 그가 개방의 위치를 파악하기 위해서 이 모든 것을 뒤에서 조종한 것이 아닐까?

그런 그의 마음을 읽었는지, 나지오가 조용히 말했다.

"혹시나 오해할까 봐 말해두겠는데, 그런 그림을 내가 그려 놓고 일부러 이 상황을 유도한 게 아니야. 이번 일로 개방의 본거지를 찾을 수 있을 거라곤 애초에 생각도 안 했으니까. 이상한 생각은 하지 마."

피월려가 고개를 끄덕였다.

"알겠소. 나 선배를 믿겠소. 그런데 이곳을 이렇게 공격한 것을 보면 병장기 밀매 쪽에선 아무런 소식이 없었나 보오?"

나지오는 혀를 한 번 찼다.

"완전 헛수고했지. 마조대 대부분을 소모했는데도 성과가 전혀 없어. 헛다리 짚은 거야. 몸은 어때? 정신은 바로 박힌 것 같은데, 육신에서 마기가 하나도 안 느껴지네. 괜찮은 거야?

"임시방편이오. 두 시진이 지나면 마공이 돌아오고, 아마 폭주할 것이오."

"폭주? 그거 어떻게 안 돼?"

"음양합일 말고는 답이 없소."

"참나, 너나 나나 진 소저가 다급하네."

"나 선배는 몸이 괜찮소?"

나지오는 쓴웃음을 지었다.

"칠결 중에 초절정고수가 있더라고. 그 외에도 꽤 숫자가
많았어. 아무리 입신의 고수이지만, 만날 같이 다니던 부하들
없이 혼자 노니 영 어색해서⋯⋯. 검선한테 온통 당해 사지도
잘 못 움직이는 그 녀석들을 다시 끌고 나오기엔 눈치가 보여
서 말이지. 나도 아마 금강불괴의 몸이 아니었으면 이미 죽었
을걸?"

"그 정도로 치명상이오?"

"응. 아마 한동안 내력을 사용하는 것도 힘들 거야."

"⋯⋯."

"여러모로 귀찮아졌지. 진 소저가 여기 없으면 진짜 열받을
거야."

상황이 모두 정리되는 데까지는 총 한 시진이 더 지나야 했
다. 그동안 제갈미는 그녀가 처음 말한 대로 노끈에 포박된
채 있었는데, 정보가 유출될 수 있다는 이유로 피월려와 떨어
져야 했다. 피월려는 해를 끼치지 말라는 명을 확실히 전하면
서 안심시키려 했지만, 배신당했다고 생각한 그녀는 마지막까
지 피월려에게 죽어서도 쫓아다닐 거라고 엄포를 놓았다.

상황이 모두 종료되고, 마조대 개봉단장은 마지막 보고를 끝마치자마자 나지오의 호통을 들어야 했다.

"뭐야! 그래서 없다고?"

"흔적은커녕 기록조차 없습니다. 심문을 해봐야 확실해지겠지만 진 소저는 아예 처음부터 이곳에 있지도 않은 듯합니다. 또한 폭탄의 흔적도 전혀 찾아볼 수 없습니다. 폭탄의 출처가 백도무림이 아닌 것으로 보입니다."

"이런 개 같은! 빌어먹을 생고생만 한 거 아니야?"

"그래도 새로 얻은 정보가 많습니다. 또한 개방의 본거지를 불태운 업적은 그 어떤 부교주님도……."

"업적은 개나 줘버려! 아, 짜증 나는군."

피월려도 표정이 좋지 못했다. 이제 남은 시간은 고작 한 시진뿐이다. 그동안 진설린을 찾지 못한다면 마공이 다시 폭주할 테고, 그러면 어떻게 될지는 오직 하늘만 알았다.

피월려가 말을 꺼냈다.

"아직 한 곳, 희망이 있는 곳이 있습니다."

많은 마인이 지켜보고 있는 와중이라 피월려는 최대한 정중히 말을 골랐다.

"어디?"

"황룡무가에서 나오면서 그곳에 들르려 했습니다만, 여러 일이 생겨 그렇게 하지 못했습니다. 린 매의 납치가 백도무림에서 꾸민 일이 아니란 것이 밝혀졌으니 그곳에 있을 가능성이 있습니다."

"그래? 한 시진 안에 갔다 올 수 있겠어?"

"고수 한 명의 동행을 요청합니다. 제가 폭주하기 전에 제 목을 칠 수 있을 정도의 고수로 부탁드립니다."

나지오는 깊디깊은 눈빛으로 피월려를 바라보았다.

"목숨을 걸었구나. 좋다. 믿어보지. 개봉단장, 적당한 마인 이 있나?"

개봉단장이 외쳤다.

"예. 주팔진! 앞으로 나와라."

주팔진은 엉성한 걸음걸이로 앞으로 나와 부복했다. 그는 포권을 취하더니 나지오가 뭐라 명을 내리기도 전에 잽싸게 말했다.

"죄송하지만, 한 가지 말씀 올려도 되겠습니까?"

개봉단장이 인상을 썼지만, 나지오는 뜻밖이라는 표정을 지 었을 뿐 불쾌하진 않은 듯 보였다.

"배짱이 좋은데? 무슨 말을 하고 싶냐?"

"저… 다름이 아니라, 지금 피 대원의 전속대원인 주 소저 가 펼친 귀식대법은 암령가의 암공으로, 같은 마공을 익힌 사 람이 아니면 절대 풀 수 없는 암공입니다. 때마침 그것을 익 힌 제가 있으니 그녀의 귀식대법을 풀고 싶습니다. 만약 서둘러 풀지 않으면, 주 소저의 내력은 점차 감소하여 결국에는 무공을 잃어버릴지 모릅니다."

나지오는 피월려를 보았고, 피월려는 고개를 끄덕였다. 그러자 나지오가 개봉단장에게 말했다.

"개봉단장, 다른 마인 없어?"

"그럼 제가 직접 동행하겠습니다."

"이야, 정말? 좋아. 믿음직하네. 그럼 피 후배하고 개봉단장은 어서 가봐. 다른 일은 내가 알아서 처리하지."

"존명."

"존명."

피월려와 개봉단장은 동시에 포권을 취하고는 그 자리를 벗어났다.

그들은 그렇게 묘한 동행을 했는데 그들이 걷는 대로에는 눈을 씻고 찾아봐도 사람이 없었다. 늦은 시간도 시간이지만 개방이 근거지로 삼고 있던 곳은 그 부근에서 알아주는 부호세가(富豪世家)의 집이었는데, 그곳이 멸문지화를 당했으니 그 부근 사람들이 모두 두려움에 집에서 나오지 못한 것이 이유였다.

개봉단장이 말했다.

"짐작 가는 곳이 어디오?"

피월려가 대답했다.

"왜국의 배가 불탔던 일을 기억할 것이오. 그 부근이오."

"그곳이라면… 그냥 걸어간다면 반 시진은 걸릴 것이오."

"말을 타거나 배를 구하기엔 너무 늦은 시간 아니오?"

"나야 상관없소. 다만 낙성혈신마께서 불편하시지 않겠소? 폭주하는 즉시 생을 마감하게 될 터이니. 급히 진 소저를 찾고 싶을 텐데?"

피월려는 낮은 목소리로 말했다.

"그곳에 없다면 어차피 나는 폭주하여 죽은 목숨이오. 그곳에 일찍 도착해서 내 생사여부를 일찍 알아 좋을 것이 뭐겠소?"

"생각이 그러시면 내 따르겠소."

한동안 걸음이 이어졌다.

먼저 말문을 연 건 개봉단장이었다.

"부교주님과는 어떤 사이오? 굉장히 친밀한 듯 보였소만."

피월려가 말했다.

"처음 입교할 때 나 선배께서 많이 챙겨주셨소. 이유는 모르겠지만, 내가 마음에 들었던 모양이오."

"전부터 알던 사이가 아니오?"

"입교하고 알았소. 왜 그런 생각을 하셨소?"

"선후배로 서로를 칭하니 막연하게 그리 생각했소. 그럼 화산파 출신도 아니겠구려."

"낭인 출신이오."

"그렇군."

피월려가 개봉단장을 돌아보며 물었다.

"나도 한 가지 물어도 되겠소?"

"물으시오."

"지마급 고수라 들었는데, 왜 단장께서는 개봉단장으로 있는 것이오?"

"아… 그거였소?"

"강한 힘이 있다면 그만큼 대우받는 곳이 바로 본 교이오. 개인적인 이유가 있소?"

개봉단장은 대수롭지 않다는 듯 말했다.

"나는 마조대의 일이 좋소. 칼부림을 하는 것보다 정보전에서 더 큰 성취감을 느끼오. 이곳 개봉에서 개방과의 심계가 얼마나 치열했는지, 그건 말로 이루 다 표현할 수 없소. 승리와 패배를 반복하면서, 보이지도 않는 적과 대면하며 매일 밤을 고민으로 지새우고… 그런 삶이 그냥 재밌었소. 어렸을 때 두던 바둑을 실제로 두는 기분이랄까."

"나 같은 천생 칼잡이는 이해할 수 없을 것 같소."

"낙성혈신마께서도 별호와는 다르게 암투에 능하다 들었는데, 사실이 아니오?"

"능하고 능하지 못하고를 떠나서 암투를 전투만큼 즐기진 않소."

개봉단장은 웃었다.

"하하하, 그렇소? 내 생각에 낙성혈신마께서 마조대에 투입된다면 꽤 재밌었을 것 같소만."

"내게 선택할 자유가 있는 한, 그런 일은 결코 벌어지지 않을 것이오."

"직접 해보면 생각이 달라질 거라 믿소."

피월려는 화제를 돌렸다.

"그렇게 정보전에 푹 빠져 살았으면서 어떻게 지마에 오르게 된 것이오? 매일같이 칼을 쓰는 무인들도 오르기 힘든 경지인데."

개봉단장은 그 말을 듣고 조금 뜸을 들였다. 피월려가 질문한 의도가 정보의 공유를 위한 것이 아닌가 하는 생각이 들었기 때문이다. 마침 개봉단장도 피월려에게 묻고 싶은 것이 있었기 때문에, 그는 순순히 대답했다.

"특이한 심공을 하나 익혔소. 어릴 때, 바둑에 재미 들이라고 아버지께서 가르쳐 주신 건데 그 덕을 좀 보았소."

"흔하지 않은 유산을 물려받으셨소."

"내가 듣기로는 낙성혈신마께서도 심공을 익히고 있다 들었소만."

"용안심공이라 하오."

"…그리 쉽게 말해도 되겠소?"

"내 최근에 들은 충고가 하나 있소. 마음에 와닿았던 터라 죽이 되든 밥이 되든 한번 실천해 보고자 하오. 심공을 서로 나눕시다."

"애초에 내가 심공을 익히고 있었다는 것을 알았던 눈치인데… 맞소?"

"예상은 했소. 정보전 속에서 가장 발전하는 무공은 바로 심공이오. 따라서 정보전을 주로 하는 마조대 단장이 지마에 올랐다면, 상대적으로 적은 전투 경험을 심공으로 메웠을 가능성이 높지 않겠소?"

"……"

"기회가 되었으니, 물은 것뿐이오. 다른 뜻은 없소. 원하지 않으실 경우, 거절하시면 그만이오."

아무리 마교 내에 무공에 관한 정보 교환이 활발하다고 해도 이처럼 노골적이진 않았다. 마인들도 무림인이기 때문에 자기의 본신 내력을 밝히는 데 두려움이 있는 건 사실이기 때문이다. 개봉단장 자신도 지금까지 자기의 심공을 다른 누군가와 공유한 적이 없었다.

그는 한참을 고민했다.

"좋소."

피월려가 놀라 물었다.

"침묵하시기에, 거절할 줄 알았소만."

"확실히 고민은 되었지만, 낙성혈신마의 심공을 알 수 있다면 한번 해볼 만한 것 같소. 대신 조건이 있소."

"무엇이오?"

"어설픈 공유는 사절이오. 구결의 마지막 한 자까지 모두 말하기로 합시다."

"좋소. 어차피 그럴 생각이었소."

낭인 시절의 피월려라면 상상도 할 수 없는 일이다.

그는 지금까지 용안심공에 너무 의존한 감이 없지 않아 있었다. 그래서 자동적으로 용안심공에 관해서 극도로 방어적인 입장이 되어 있었다. 스승님이 내려주신 유일한 심공이라는 이유로 지금까지 용안심공을 특별하게 취급했지만, 진짜 이유는 내력이 없던 시절 그것으로 빈 실력을 채우다 생긴 의존성 때문이었다. 그런 의존성은 독이 되어 그를 잡아먹을 것이다.

피월려는 전에 주소군과 이와 같은 거래를 한 적이 있었다. 그땐 용안심공을 내주는 대신 심즉동과 자설검공을 얻었는데 그를 계기로 무단전의 내공에 대한 깊은 이해를 얻었다. 그뿐이랴. 사검의 정점인 어검술과 생검의 정점인 신검합일을 동시에 이르는 쾌거를 달성하여 검공의 도움 없이 검기를 사용할 수 있게 되었었다. 그런 엄청난 발전을 이룰 수 있었던 건, 비기라 할 수 있는 용안심공을 내주는 과감한 선택이 있었기 때문이다.

지금은 그런 선택을 할 때라 피월려는 판단했다.

그에게 개봉단장이 날카롭게 물었다.

"죽음을 눈에 앞둬 너무 성급한 결정을 내리는 건 아니오?"

피월려가 대답했다.

"그 영향이 없지는 않겠지만, 이 일이 있기 전부터 마음가짐이 변했소. 나중에 딴소리하진 않을 테니 걱정하지 마시오."

"……."

"먼저 말하겠소."

피월려는 용안심공의 구결을 서서히 읊기 시작했다.

*　　　　*　　　　*

"이곳이오? 그냥 객잔 아니오?"

그들이 도착한 곳은 객잔으로, 밖에서도 주방을 구경할 수 있는 형식이었다. 곳곳에 놓인 불판으로 보아 중원의 음식을 파는 곳이 아닌 듯했다.

그곳에는 아무도 없었는데, 흉흉한 지금 상황에 문을 열지 않은 듯했다.

피월려가 고개를 끄덕이고 대답하려는데, 한 검은 피부의 이방인이 문을 열고 밖으로 나왔다. 중원인보다 한 자는 더 큰 키에, 온몸에 근육이 가득했다.

그 남자가 피월려를 보더니 말했다.

"이곳에 있다는 걸 어떻게 아셨소?"

그 남자는 피월려와 진설린이 왜국 배에 타기 전, 점소이였던 그 흑인이었다. 영업을 하지 않는 한 그는 점소이가 아니고, 점소이가 아닌 이상 그 흑인은 그들에게 경어를 사용할 필요가 없었다.

피월려가 말했다.

"내가 왔는지 아는 것을 보니, 안의 린 매가 알려준 모양이오?"

극음귀마공은 극양혈마공의 위치를 대강 파악할 수 있다. 피월려는 그 점을 말하는 것이다.

흑인은 대답했다.

"묻겠소. 당신이 설린 낭자의 남편 되시오?"

"린 매가 뭐라 말했소?"

"그녀에겐… 묻지 않았소."

"왜 묻지 않았소?"

"두려웠소. 정말로 남편일까 하여."

"그런데 왜 지금은 묻는 것이오?"

"어차피 떠날 것이라는 걸 깨달았기에 묻는 것이오."

"떠나는 마당이라면 알 필요가 없지 않소?"

"……."

"린 매를 만나겠소."

"안에 있소."

흑인은 피월려의 눈을 마주치지 못하고 고개를 돌렸다. 그 큰 덩치가 너무나도 작아 보였다.

안에 들어가자 진설린이 있었다. 그녀는 양손에 부엌칼을 들고 앞에 놓인 도마 위의 음식들을 썰고 있었는데, 썰기라기 보다는 그냥 분쇄라고 말하는 게 더 옳은 표현이었다.

"왔어요? 늦었네요."

방긋 웃는 진설린.

세상일이 어떻게 돌아가는지 아무것도 모르는 해맑은 어린아이와 같았다. 다른 점이라면, 그녀는 전부 알면서 신경 쓰지 않는 것뿐이지만.

피월려는 갑자기 화가 치미는 것을 느꼈다. 하지만 그는 이상하게도 화를 낼 수 없었다. 화를 내는 것 자체가 자존심이 상하는 것 같았기 때문이다.

"많이 찾았소."

"헤헤, 여기란 걸 생각 못 했어요? 월랑이라면 충분히 알 거 같았는데."

"어쩌다 이곳에 오게 된 것이오?"

진설린은 부엌칼을 든 채로, 쪼르르 피월려에게 다가왔다.

"그니까요……. 갑자기 펑! 하고 지붕이 터져서 건물이 무너진 거예요. 물론 제 몸에는 흠집 하나 나지 않았지만요. 그런데 덜컥 무서운 거 있죠? 월랑도 없고, 갑자기 어디로 잡혀가면 어떡하지 이런 걱정이 드는 거예요……. 그래서 물속으로 도망쳤어요. 그렇게 조금 시간이 지나니 언제까지 물속에 있을 수는 없겠더라고요. 월랑만 나를 찾을 수 있게 어디로 갈까 생각하다가 여기가 떠올랐죠. 그래서 온 거예요. 내내 이곳에 있었죠."

"……."

"그런데 월랑의 몸이 굉장히 불안해 보이네요. 무슨 일 있었어요?"

피월려는 가까스로 욕설을 삼켰다.

"많은 일이… 있었소."

"그래요?"

"돌아갑시다."

"잠시만요. 요리를 다 끝내고요. 그래도 갈 곳 없는 절 하룻밤이라도 재워준 은혜가 있으니까, 요리라도 대접할게요."

"한시가 급하오."

"그래도 기본적인 도리는 지켜야 해요. 월랑은 제가 도리도 지키지 않는 여자였으면 좋겠어요?"

진설린은 피월려의 어깨를 한번 쓰다듬고는 다시 요리를 시작했다. 들뜬 표정을 보아하니 음식 말고는 아무런 관심도 없는 듯했다.

피월려는 그 모습을 복잡한 눈길로 한참 보다가 걸음을 돌려 밖으로 나왔다.

그를 보곤 개봉단장이 물었다.

"안에 있었소?"

피월려가 문턱에 털썩 주저앉았다.

"있었소."

"그런데?"

"요리를 하겠다 하오."

"그게 무슨 뜬금없는 소리이오."

"기본적인 도리를 지켜야 한다고 하오."

"……."

"후우……."

피월려의 깊은 한숨에 개봉단장이 그에게 다가와 의문이 가득한 표정으로 물었다.

"폭주할 때까지 이제 반 시진도 남지 않았소."

"정확하게는 한 식경 정도이오."

"그런데 지금 이 상황에 요리를 하겠다니… 그게 무슨 말이오? 진 소저에게 상황을 설명했소?"

"말하지 않아도, 그녀는 내 상태를 아오."

"그런데?"

"심술이오. 나름 그녀식의."

"아니, 지금 낙성혈신마의 목숨이 왔다 갔다 하는데⋯⋯."

피월려는 귀찮다는 듯이 개봉단장의 말을 끊었다.

"지부가 폭발할 당시, 그녀의 목숨도 왔다 갔다 했었소. 그 자리에 내가 없었지. 그래서 내게 심술을 부리는 것이오."

개봉단장은 어이가 없다는 듯 입을 살포시 벌렸다.

"그게 무슨⋯⋯."

"행여나 천음지체의 여자를 만나거든 그 여자의 미모에 속지 마시길 충고드리겠소. 내가 아는 한 그녀들의 사고방식은 상식의 선을 월등히 넘소."

"⋯⋯."

흑인은 그의 말을 가만히 듣다가 툭하니 내뱉었다.

"자기 아내를 욕하다니, 형편없는 남자군."

피월려는 사악하게 웃으며 맞받아쳤다.

"외모에 홀려서 쓸데없는 희망만 품다 결국 나가떨어지는 놈이 할 소리는 아니지."

"뭐라고?"

순간 흑인의 눈빛이 매서워졌다. 그 가소로움에 피월려는 몸에서 새어 나오는 마기를 주체하기 힘들었다.

"아무리 생각해도 천음지체는 인간의 아름다움이 아니야. 범인이 마인의 마기를 보고도 무서워하지 않는다니… 그렇게 천음지체의 몸을 품고 싶나? 생식기라도 잘려야 정신을 차릴까? 황태자고 흑노고… 위에서부터 아래까지 아주 가지가지들 하는군."

그때였다.

덜컹.

문이 열리고 진설린이 얼굴을 내밀었다.

그녀는 순진무구한 미소를 짓고 있었다.

"요리 끝났어요. 들어와서 맛보실래요?"

흑인은 피월러에게 시선을 고정한 채, 고개를 끄덕였다.

"감사히 먹겠소."

진설린이 밖으로 나왔다.

"그럼 전 이만 가볼게요. 신세졌어요."

"아니오, 언제든 또 오시오. 기다릴 테니."

진설린의 미소가 살짝 굳었다. 그녀가 뜸을 들이다 이내 말했다.

"그러지 마세요."

"기다리겠소. 저런 남자라면 별로 오랜 기다림이 되진 않을 것 같소."

"……"

"그럼."

흑인은 진설린에게 눈인사를 한 뒤, 안으로 들어가며 문을 닫았다. 진설린은 그가 들어간 문을 무표정으로 빤히 보았다.

그런 그녀를 보다가, 언뜻 그녀의 생각을 읽은 피월려의 눈빛이 차갑게 변했다.

"독을 탔소?"

진설린이 고개를 돌려 피월려를 보았다. 그녀의 눈가에는 눈웃음이 가득했다.

"이곳에서 평생 저를 기다리는 건 너무 괴롭잖아요."

순간 개봉단장의 표정을 이루는 모든 얼굴 근육이 기묘하게 일그러졌다. 도대체 어떤 표정을 지어야 할지 몰라 그런 일이 일어난 것이다.

하지만 피월려의 표정은 담담했다.

"설마 밤에 무슨 일이 있었소?"

진설린이 자기의 목을 만지면서 눈길을 돌렸다.

"자는 내내 자꾸 말을 걸었어요. 나 같은 미모를 본 적이 없다는 둥, 내가 아름답다는 둥 뭐 그런 소리들 있잖아요? 그러더니, 자기 진심을 보여주겠다며 나를 건들지 않겠대요. 그때 너무 웃겨서 웃음을 참느라 혼이 났어요. 결국 속에는 추잡한 욕망을 감추고 말이죠."

"그래서 죽였소?"

"그건 호의예요. 호의. 말했지만 어차피 오지도 않을 텐데, 날 평생 기다리는 건 너무 괴로우니까요."

"……"

"불쾌한 일이었지만, 그래도 좋은 걸 깨달았어요."

"뭘 말이오?"

"월랑 말고는 날 이해하는 사람이 없다는 걸 말이에요."

"……"

"헤헤."

순수한 웃음이 그녀의 얼굴에 자리 잡았다. 그리고 그녀는 갑자기 피월려에게 달려들어 입을 맞추었다.

"읍!"

당황한 피월려가 눈치를 살피는데, 입속으로 스며드는 천음지체의 음기에 정신이 혼미해지는 것을 느꼈다. 당장에라도 폭주할 것 같은 마기를 부드럽게 쓰다듬는 듯한 음기는 단순히 부끄럽다는 이유로 거부할 수 없었다.

입에서 입으로 음기를 전달하는 진설린의 몸에서 진한 색기가 풍겨졌다. 그 광경을 보는 남자라면 본능을 주체할 수 없을 것이다. 개봉단장은 이성이 지배당하기 전에 가까스로 눈길을 돌려 불상사를 막을 수 있었다.

입을 뗀 진설린이 피월려의 눈을 마주보며 말했다.

"이상하네요. 나 말고 다른 여자……"

그때였다.

쾅!

천지를 진동시키는 폭발음이 서쪽에서 터져 나왔다. 서 있는 땅이 흔들릴 정도로 강력한 폭탄이 터짐과 동시에, 그로 인한 화염이 개봉의 위엄을 자랑하는 높은 건물들을 모조리 삼키고 있었다. 인구 밀도가 중원에서 가장 높은 개봉의 특성상, 그 폭발로 인한 사망자의 수가 가볍게 백을 넘길 것 같았다.

콰콰쾅! 쾅쾅!

또다시 연속적으로 폭음이 터졌다. 북쪽에서, 동쪽에서, 그리고 남쪽에서……. 폭탄은 방향을 가리지 않고 터졌다. 개봉은 화재를 담당하는 소방원(消防員)을 전문적으로 갖췄지만 도시에서 내전이 일어나고 있는 마당에 제대로 작동할 리 없다. 불은 집에서 집으로 순식간에 번져 나가면서, 높디높은 개봉의 전각들을 모두 무너뜨리고 있었다.

그렇게 이백오십 년간 발전한 중원 최대의 도시, 개봉이 한낱 잿더미로 변해가고 있었다.

"세상에 이게 무슨 일인지! 어서 귀환해야 하오."

개봉단장의 말에 피월려는 진설린을 등에 업었다. 진설린은 사방을 둘러보며 놀랍다는 듯이 말했다.

"열기가 여기까지 느껴지는 것 같아요. 불이 기묘하게 아름

답네요."

"……."

피월려는 그녀의 말을 무시하고는 서둘러 달리기 시작했다. 개봉단장도 빠르게 그에게 붙으면서 물었다.

피월려가 밟은 자리의 땅은 움푹움푹 파여 있었다. 발에 마기를 실어 그와 진설린의 무게를 그대로 박차면서 달렸기 때문이다. 그것을 본 개봉단장은 피월려가 경공(輕功)을 펼치지 않는다는 것을 알고 물었다.

"달리는 것을 보니 보법인 것 같은데, 혹 경공을 모르시오?"

피월려가 대답했다.

"보법만 아오. 단거리는 모르나, 장거리는 매우 느릴 것이오."

"그럼 지부로 가는 것보다는 서쪽 비밀 출구로 가시는 편이 더 좋을 것이오. 진 소저를 확보했으니 더 이상 본 교가 이곳에 남아 있어야 할 이유는 없소. 진 소저를 확보했다는 소식을 전하면 부교주님께서도 즉시 개봉을 떠나려 할 것이오."

"서쪽 비밀 출구에서 기다리라는 뜻이군. 그러나 나는 그곳이 어딘지 모르오."

개봉단장은 손짓하며 속도를 줄이란 신호를 보냈다. 피월려가 정지하자, 그에 맞춰 개봉단장이 멈췄다.

"수로를 따라 서쪽으로 가야 하오. 개봉의 수로는 물의 구

할 이상을 북쪽 황해에서 끌어와 남동쪽으로 나가도록 설계
되어 있소. 때문에 서쪽에서 들어오는 수로는 단 한 군데밖에
없소이다. 물길을 거슬러 올라가며 서쪽으로 움직이다 보면,
서쪽 비밀 출구에 도달할 수 있소."

"부교주님께서 말씀하시기를 수로를 이용한 출구는 한동안
시일을 잡기 어렵다 했소만."

"지금 같은 상황에 그런 걸 따질 시간이 어디 있겠소?"

개봉 전체가 불타는 상황에 누가 거길 지키고 있다는 말인
가?

피월려는 고개를 끄덕이며 물었다.

"미리 알아야 할 점은 무엇이 있소?"

"서쪽에서 들어오는 수로는 매우 작기 때문에, 배가 들어올
수 없소. 따라서 수로 위가 성벽으로 가로막혀 있고, 수로 아
래로는 목책(木柵)으로 촘촘히 막혀 있소. 그러나 최근 왼쪽
가장 아래 부근에 사람 한 명이 드나들 수 있을 정도로 작은
구멍을 뚫어놓았소. 그곳을 통해서 밖으로 나가면 되오."

"간단하군. 부교주님과 마조대원들도 모두 그곳으로 나가는
것이오?"

피월려가 묻는 그 순간에도 폭음은 끊이질 않았다. 개봉단
장은 사방을 염려하는 눈빛으로 둘러보며 말했다.

"아마도 그럴 것이오. 이런 화마라면 개봉 전체를 순식간에

잡아먹을 것이니 지부에 남아 있는 자료들을 가지고 나갈 순 없소. 몸만 탈출할 테니 군이 백운회에서 걸어 잠근 성문을 통해서 나갈 필요는 없지 않겠소?"

"지금껏 개봉에서 모은 모든 자료를 모두 포기해야 한다 니……."

"재물도 다 포기해야 할 것 같소. 지금은 몸에 지니는 것 외에 뭘 가지고 나갈 수 있는 방도가 없어 보이오."

피월려는 군은 얼굴로 고개를 끄덕였다.

"폭탄의 출처가 누군지 모르겠지만, 이런 엄청난 결과를 만들게 되다니. 대체 수도에 반입된 폭탄이 몇 개인지……. 내가 봤을 때는, 백운회와 대립하는 권문세가가 최후의 반격을 하는 것 같소. 그들에게 고수라곤 호룡군밖에 없었을 터인데, 그들도 모두 죽거나 흩어졌소. 일반 사병으로 백운회의 고수들과 시가전(市街戰)을 할 순 없으니 폭탄을 쓰기 시작한 것 아니겠소? 그들에겐 저 정도의 폭탄을 매입할 만한 자금도 있었을 터……."

개봉단장은 자기도 모르게 고개를 끄덕였으나, 곧 정신을 차렸다.

"논의는 나중에 하도록 합시다. 지금은 탈출하는 게 급선무이오."

"알겠소. 그러면 나와 린 매는 물길로 움직일 터이니, 서쪽 비밀 출구에서 만나도록 합시다."

"부교주님에게도 그리 전하겠소."

개봉단장은 경공을 펼치면서 빠르게 멀어졌다.

피월려는 진설린에게 물었다.

"물속에서 얼마나 오래 참을 수 있으시오?"

진설린은 피월려의 귀에 속삭였다.

"월랑께서 잊으셨나 본데, 전 생강시예요. 참으려고만 하면 하루라도 참을 수 있어요."

"그렇다면 문제는 없겠소. 그럼 들어가겠소. 꽉 붙잡으시오."

피월려는 옆에 있던 수로에 몸을 던져 들어갔다. 그 수로에는 불길이 무서워 이미 들어간 사람이 많았기 때문에, 피월려의 행동이 특이해 보이진 않았다.

피월려는 수로의 바닥에 닿을 때까지 깊이 잠수한 뒤, 내력으로 호흡을 대신하며 숨을 참았다. 그리고 수로의 바닥에 닿자 천천히 마기를 몸에 돌려가며 수영을 하기 시작했다.

진설린이 그런 피월려의 등 위에 말에 올라탄 것처럼 앉았다. 강의 흐름을 거슬러 올라가는 입장이라 엄청난 수압이 연이여 강타했는데, 강시의 몸이라 충분히 견뎌내었다. 피월려는 한참을 수영하면서 이상하게 속도를 낼 수 없었지만 그것이 단순히 강을 거슬러 올라가기 때문이라고 치부해 버렸다.

시간이 한참 지나고, 진설린이 피월려의 머리를 툭툭 건드렸다. 그리고 한쪽을 손가락으로 가리켰는데, 그쪽으로 움직이자는 소리 같았다. 그런데 그제야 피월려는 진설린이 몸을 꼿꼿이 세우고 역류하는 강의 저항을 그대로 받고 있었다는 걸 깨달았다.

진설린이 가리킨 곳은 강둑 아래로, 강둑의 그림자가 수면에 일렁였다. 수면 위로 고개를 내민 피월려가 짜증 내듯 말했다.

"그렇게 몸을 세우고 있으면 강을 역류하여 움직이기 어렵다는 걸 모르는 것이오?"

강 아래선 듣지 못했던 소리가 젖은 귀에 들려오기 시작했다. 폭탄이 터지는 폭음이나 사람들이 지르는 비명 소리……. 마치 개봉이 침략이라도 당한 것 같다.

진설린은 눈을 흘기며 뺨을 부풀렸다.

"강물이 몸을 때리는 게 좋았어요. 아주 강한 바람을 맞는 기분이랄까? 그런데 그게 그렇게 화가 날 이유예요?"

"화가 난 것은 아니고, 한시가 급하기 때문에 그렇소."

"어차피 거기 가서도 사람들을 기다려야 하잖아요. 그러면 바쁜 건 아니죠."

인정할 것 같지 않았다. 피월려는 한숨을 쉬며 말했다.

"알았소. 내가 잘못했소. 그런데 여긴 왜 나오자고 한 것이오."

"그거야, 알면서 물어요?"

진설린은 팔을 벌려 피월려의 목을 휘감았다. 그러고는 진한 입맞춤을 했는데, 문득 정신을 차린 피월려가 고개를 돌렸다.

"지, 지금은 이럴 상황이 아니오."

"월랑의 육신은 그리 말하지 않던걸요?"

아까부터 왜 이렇게 적극적일까? 피월려는 진설린의 생각을 이해하기 힘들었다.

"우선 안전해지면……."

"입으로 전해준 음기로는 극양혈마공을 안정시킬 수 없어요. 강물이 차가워서 스스로는 느끼지 못하셨나 본데, 그 위에 탄 전 월랑의 육체가 점차 뜨거워지는 걸 느꼈어요."

피월려는 놀랐다.

"그것이 정말이오?"

"최근에 급증한 내력이 염려되었는데 역시 말썽이군요."

"……."

"월랑이 절 천한 여자로 생각하시면 속상해요. 전 엄연히 월랑의 몸이 걱정되어 이러는 거니까 그런 식으로 취급하지 마세요."

피월려는 큰 부끄러움을 느껴 그녀의 눈길을 마주 볼 수 없었다. 그녀의 말이 사실이기 때문이었다.

그는 순순히 인정했다.

"미안하오."

"아니에요. 사과하셨으면 됐어요."

진설린은 다시 그에게 다가왔다.

그들은 음양합일을 시작했다.

화마가 치솟은 건물이 무너지고, 사람들이 불타 죽으며, 공기가 뜨겁게 달궈지는 개봉. 그곳의 한적한 강둑 아래, 피월려는 점차 차오르는 쾌락에 폭음과 비명 소리가 점차 귓가에서 멀어지는 것을 느꼈다.

＊　　　＊　　　＊

자시(子時) 초.

서쪽 비밀 출구는 생각보다 찾기 쉬웠다. 그 주변 동네는 사람들이 살지 않는 공터가 많았기 때문에 수로 바닥으로 헤엄쳐 가니 그 누구도 피월려와 진설린의 존재를 알지 못했다. 그들은 곧 목책에 도착했고, 한쪽 구석을 잘 살피어 사람이 빠져나갈 수 있는 구멍을 통해 성 밖으로 나갈 수 있었다.

수로는 강이 되었고 강의 높이는 점차 높아졌다. 헤엄을 치는 것과 바닥 위로 걷는 것이 의미가 없을 정도가 되자 피월려는 진설린을 등에 업은 채 강가로 나왔다.

한적한 나무숲. 수많은 말이 각각의 나무에 고삐가 묶여 있었고 그들을 관리하는 마인들이 눈에 띄었다. 그들은 피월려를 보더니 단번에 그가 낙성혈신마임을 알고 고개를 숙여 인사했다.

피월려는 그들 중 가장 눈에 익은 자에게 다가갔다.

마조대 낙양단장 지화추.

허름한 옷에 볼까지 내려온 흑안권(黑眼圈)은 삼 일 밤낮을 자지 않고 노동 착취를 당한 노예에게서나 찾아볼 만한 것이었다.

그는 게슴츠레한 눈길로 피월려를 보더니, 말에게 풀을 먹이는 것을 중단하고 품속에서 무언가를 꺼내 들었다. 그러고는 양손으로 그것을 뻗으며 무릎을 꿇었다.

"일대주님을 뵈옵니다."

물을 것이 산같이 많았던 피월려는 순간 당황하여 자기 자신을 손가락으로 가리키며 되물었다.

"일대주? 내가?"

지화추가 고개를 숙인 채 말을 이었다.

"이것은 낙양지부 일대주임을 증명하는 명패입니다. 혹시라도 분실하게 될 때에는 저에게 다시 말씀해 주시……"

피월려는 크게 놀라며 지화추의 말을 잘랐다.

"그게 갑자기 무슨 소리이오? 내가 일대주라니 무슨…….
그럼 박 대주께서는 어찌 되신 것이오?"

지화추는 차분히 설명했다.

"낙양지부 지부장 자리에 오르셨습니다."

"박소을 대주님이 말이오?"

"예."

"그럼… 서화능 지부장께서는?"

지화추 단장은 놀랍도록 평온한 목소리로 대답했다.

"사거(死去)하셨습니다."

피월려는 누군가 가슴을 쿵 하고 치는 기분을 느꼈다.

그의 스승인 조진소. 그의 유일한 친우이자 원수인 서화능
은 피월려가 천마신교에 입교하게 된 계기를 마련해 주기도
했다. 그런 그가 죽었다는 소식을 직접 듣자 혼란스러운 감정
을 느꼈다.

"어찌… 설마 백도무림의 합공으로 인해 그리 되신 것이
오?"

지화추 단장은 고개를 돌렸다.

"그랬다면 그 소식을 알지 못했을 겁니다. 현재 지부 내부
와는 어떤 통신도 차단되어 있습니다."

"그럼 그전에 사거하신 것이오? 보름보다 좀 더 전, 대전에
서 뵈었을 때 굉장히 피곤해 보이셨으나 죽음을 앞둔 것처럼

심각해 보이지는 않았소. 그런데 설마 그새 사거를 하실 줄이
야……."

"흑무수(黑霧手)께서 변을 당하신 건 대략 두 달 전. 개인적
인 용무로 그리되셨습니다. 그리고 그때 당한 내상으로 마공
을 거의 상실하고 생명이 위험하셨습니다. 밖으로 거동하는
것조차 불가능했기에 지부에서 치료할 수밖에 없었습니다. 박
소을 지부장께서 많이 도와주셨지만 끝내 내상을 회복하지
못하신 듯합니다."

"정확히 언제 돌아가신 것이오?"

"열흘 정도 전에 백도무림에서 낙양지부를 기습하여 어쩔
수 없이 봉쇄령을 내리기 직전, 박소을 지부장님의 내력을 본
인의 치료에 쓰게 만들 수 없다면서 자결하셨습니다. 그 이후
에 일대주였던 박소을 대주께서 지부장에 오르면서 제게 갖
가지 명을 내리시고, 지부를 봉쇄하셨습니다. 그 명령 중에는
낙성혈신마를 일대주에 임명하겠다는 명도 포함되어 있었습
니다."

"그런… 왜 이 소식을 개봉으로 전하지 않은 것이오?"

"그 또한 명령 중 하나입니다. 개봉과의 연락을 두절하라
는……."

피월려는 잠시 생각했고, 곧 박소을의 생각을 알 수 있었
다. 낙양지부의 일을 개봉에서 알게 되면 개봉에서의 일을 제

대로 처리할 수 없을 것이란 생각 때문에 그런 것일 것이다.

피월려는 한숨을 내쉬고는 말했다.

"내가 일대주라니. 이는 감당하기 어려운 자리이오. 나 말고도 천서휘나 주소군이 있소. 그런데 왜 나를 임명하신 것이오?"

독백에 가까운 질문이었으나 지화추는 대답했다.

"천 대주께서는 스승의 죽음으로 일대주라는 막중한 책임을 질 수 있는 상태가 아니셨습니다. 그리고 주 대원은⋯⋯."

피월려는 심상치 않음을 느끼고 물었다.

"주소군에게 뭔가 일이 있었소?"

"마성에 사로잡히셨습니다."

"마성에 사로잡혔다면⋯ 혹 주화입마를 뜻하는 것이오? 어찌 그런 일이 일어난 것이오? 낙양지부는 봉쇄령 때문에 들어가지도 못하니 전투를 할 이유도 없을 텐데."

"모든 진법에는 약점이 있게 마련입니다. 낙양지부에 펼쳐진 봉쇄령 또한 진법이기 때문에 약점이 있습니다. 봉쇄령의 경우, 두 곳의 핵심적인 부분이 있는데 그곳은 어쩔 수 없이 무력으로 확보하는 수밖에 없습니다."

"그럼 낙양지부 내부뿐만 아니라 밖에서도 전투가 있었다는 것이로군? 그 중요한 두 곳에서 말이오."

"그렇습니다. 백도무림의 지원 고수들이 지속적으로 공격했습니다."

"낙양지부 밖에는 마조대만 있질 않았소? 제대로 된 무인이 없을 텐데? 나 선배가 세력을 끌고 도착하기까지 그 두 곳을 어찌 지키셨소?"

"한 곳은 지부의 사정을 딱하게 여기신 도첨마무(刀尖魔舞) 시록쇠 장로님께서 도와주셨고, 다른 쪽은 마조대 전원이 달라붙어 몇몇을 희생해 가며 지켰습니다."

도첨마무 시록쇠는 천살가의 인물로 흑설을 직접 보기 위해서 낙양에 왔다가 휴가차 눌러앉았던 천마신교의 교육부 장로다. 천마급 마인인 그라면, 백도무림의 합공도 막을 수 있었을 것이다.

"그런데 어쩌다 주 형이 피해를 입게 된 것이오?"

"나지오 부교주님께서 도착했을 때, 마조대원이 상당수 죽은 후였고, 시록쇠 장로께서도 상당한 내상을 입으셨습니다. 때문에 나지오 부교주님과 주 대원이 교체하여 지켰는데, 주 대원이 홀로 있을 때에, 다수의 고수에게 기습을 당하신 듯합니다. 천마급 마인인 시록쇠 장로께서도 애먹은 고수들입니다. 지마급인 주 대원께서 감당할 수 없었겠죠. 하지만, 주 대원은 시록쇠 장로도 죽이지 못한 그들을 모두 도륙했습니다."

주소군은 지마급 마인. 백도무림의 절정고수 여러 명이 합공했다면 이길 수 없었을 것이다.

피월려는 힘없이 중얼거렸다.

"마성을 폭주시켜… 한계를 넘는 힘을 얻었군."

"주 대원은 아직도 그 자리에 서 계십니다. 피가 얼어붙은 설주를 들고……. 가까이 오는 모든 생명을 기계적으로 살해합니다. 아마 생명력이 다하여 죽을 때까지 그러실 것 같습니다."

양의 마기가 정제된 것을 혈기라 하면 음의 마기가 정제된 것을 귀기라 한다고 했다. 음기가 강한 마공을 익힌 주소군이 마성에 젖어 폭주한다면 하나의 귀신이 되었을 것이다.

혈적현에 이어 주소군까지 돌이킬 수 없는 피해를 입었다는 사실이 피월려의 마음을 매우 무겁게 만들었다.

"나 선배도 어떻게 할 수 없었소?"

"양쪽 상황을 잘 아시지 않습니까? 부교주님에게는 시간이 없으셨습니다. 총 육 일 동안 개봉에서 낙양으로 돌아와 상황을 정리하시고 다시 떠나 개봉에 도착하기까지, 시간을 겨우 맞추셨지요."

"……."

"낙양지부 내부 사정은 더 심각할 것입니다. 공존할 수 없는 양 세력을 한 공간에 가둬두었으니 말입니다. 미내로 대주님의 힘을 빌리기 위해서라도, 뒤에 계신 진 소저를 서둘러 낙양에 데려가야 합니다. 제오대의 정예 백 명과 무영비주가 아무엇도 하는 것 없이 낙양 하늘만 바라본 지 벌써 오 일째입니다."

피월려는 이해할 수 없다는 듯이 중얼거렸다.

"미내로 대주께서 그 정도로 완고하셨소? 그분만 봉쇄령을 깨부숴 준다면 아무런 문제가 없는 것 아니오?"

"너희 마음대로 훔쳐간 내 제자를 데려오지 않는다면, 낙양 전체가 불타 잿더미로 변해도 나는 일절 상관하지 않겠다. 이것이 그분의 말씀이십니다. 부교주님께서 하늘에 미치는 마기를 내뿜으며 팔다리를 자르겠다고 협박하셨는데도 죽이라며 그냥 웃으시더군요. 부교주께서는 극도로 분노하셨지만 그분의 머리카락 한 올 건드리지 않고 뒤돌아서셨습니다. 부교주께서 말에 타시면서 말씀하시길, 개봉에서 진 소저를 데려오는 게 빠르겠다고 하시더군요. 단언컨대 부교주님을 거역할 정도의 강단을 가진 사람은 본 교에 그분밖에 없습니다."

"미내로 대주는 나 선배의 목숨을 여러 번 살려주었소. 그리고 그를 계기로 나 선배는 입신에 들어설 수 있었지. 미내로 대주는 나 선배에게 있어 생명의 은인일 뿐 아니라 입신에 들어서게 해준 장본인이오. 백도무림 출신인 나 선배가 미내로 대주를 해할 수 없었던 것은 어찌 보면 당연한 일이지."

"……"

지화추가 할 말을 찾지 못하는 사이, 진설린이 피월려의 어깨를 톡톡 치며 쾌활하게 말했다.

"그 정도로 저를 아끼시는 거예요, 스승님은. 그 정도로 저를 사랑하시다니, 정말로 좋은 분이죠. 안 그래요?"

피월려는 대답하지 않았다.

미내로가 과연 진설린을 아끼기 때문에, 나지오의 명령도 거스른 것일까?

아니다.

단순히 그렇게 생각할 수 없다.

그런 모험을 감수해야 할 정도로 진설린이 필요한 것이다.

애초에 아무 이유 없이 그녀를 제자로 받은 것부터가 수상하다.

미내로는 왜 진설린이 그리도 필요한 것일까?

대답은 나중에 찾자.

피월려는 지화추에게 물었다.

"그럼 지화추 단장은 이곳에 왜 온 것이오?"

"부교주님과 진 소저를 모시기 위해서 온 것입니다. 최대한 빨리 귀환할 수 있도록 조치를 취하라는 것이 부교주님의 명이셨습니다. 그런데 보아하니, 부교주님은 아직 오시지 않은 것 같습니다. 혹 부교주님께서도 변고를 당하셨습니까?"

"아니오, 곧 도착하실 것이오."

"그렇습니까? 다행입니다."

감흥이 없는 목소리.

마치 나지오가 죽어도 별 상관이 없는 것 같았다.

지화추는 다시 여물을 골라, 옆에 있는 말에게 먹여주었다. 그의 표정과 행동은 너무나 차가웠고 또 동시에 무감각했다.

그 모습을 보며 피월려가 나지막하게 말했다.

"이운소에 관한 사실… 의도적으로 숨긴 것이 맞소?"

"예."

"백도무림에게 나와 진설린 그리고 낙양지부의 정보를 팔아 넘긴 것도 맞소?"

"예."

"……."

"……."

진실한 대답.

그 때문일까? 피월려는 살심을 일으키기 어려웠다.

"솔직히, 마주치면 죽이려고 마음먹었었소. 지금까지 있었던 일이 모두 지 단장 때문이라는 생각을 떨쳐내기 어렵더군."

"그런데 왜 죽이지 않으십니까?"

"모두 교주께서 명하신 일이라 들었소. 그 때문이오."

"교주님의 명령을 따랐다고 해서, 제가 피 대주에게 칼을 겨누지 않은 것은 아니지요. 그 어떤 것도 현 상황에서 피 대주로부터 저를 보호하는 건 없습니다."

약간의 짜증이 섞인 딱딱한 어조.

처음 만난 날.

작은 방 안에서 서류 더미에서 치여 있던 그가 그때 피월려와 대화했던 말투와 지금의 말투는 완전히 동일했다.

지화추 단장은 일에 치여 있던 그때와, 죽을 수도 있는 지금을 완전히 동일한 상황으로 인식하고 있는 것이다.

피월려가 물었다.

"죽음이 두렵지 않소?"

"딱히."

"……"

"어렸을 때부터 선천적으로 죽음이 별로 두렵지 않더군요."

"……"

피월려는 침묵하여 지화추를 빤히 보았다. 인마급밖에 되지 않는 지화추가 이상하게 고수로 보였기 때문이다.

지화추 단장은 그의 시선을 느끼고는 말을 이었다.

"검선 이소운 말입니다. 그는 진짜로 천마신교의 첩자였습니다."

갑작스러운 말에 피월려의 눈빛이 흔들렸다.

"그게 갑자기 무슨 말이오?"

지화추는 천천히 이야기하기 시작했다.

"팔 년 전이 아니라 팔십 년 전이긴 하지만 말입니다. 실제로 그의 문서를 보면 팔(八) 자 아래에 십(十) 자가 지워진 자국이 남아 있을 겁니다."

"……."

"십 년 이상을 본 교에서 충성하던 그는 어떤 일을 계기로 본 교를 불신하게 됩니다. 그리고 당시 무당파 장문인에게 그 사실을 털어놓습니다. 그때 장문인은 그를 용서하고 받아주었지요. 그 감사함과 죄책감은 그를 수행으로 몰아세웠고, 그는 그렇게 입신의 벽을 뚫고 조화경에 이르러 백도무림의 정점에 서게 됩니다."

이 일이 알려지면 세상이 진동할 것이다.

피월려는 말을 더듬었다.

"그, 그런 일이 있었소?"

"어찌 보면 검선은 교주님과 정말 많이 닮은 사람입니다. 예로부터 천마신교와 백도무림은 말조차 섞지 않았습니다. 서로를 보면 검부터 꺼내 한 명이 죽을 때까지 싸웠습니다. 하지만 현 교주님도 그렇고 검선도 그렇고… 지금까지 없었던, 대화가 가능한 지도자들입니다. 고금을 통틀어서 처음입니다."

"……."

지화추는 성음청과 이소운이 거래한 것을 언급하고 있었다. 실제로 천마신교의 교주와 백도무림의 지도자가 말로써 어떤 거래를 성사시킨 일은 고금을 통틀어서 이번이 처음이다.

지화추는 말을 이었다.

"본 교가 진정으로 비상하는 시대가 곧 올 겁니다. 개개인의 사사로운 목숨의 가치를 따질 때가 아닙니다. 본 교의 강자라면 더더욱 그리 생각하셔야 할 것입니다."

지화추는 그렇게 말하면서 진설린을 힐끗 쳐다봤다.

피월려의 입술이 순간적으로 뒤틀렸다.

"사사로운 목숨이라는 그 말이 혹, 린 매의 것을 뜻하는 것이오?"

지화추는 무표정을 유지한 채 대답했다.

"제가 진 소저에게 시선을 돌린 것은 천음지체의 아름다움 때문입니다. 그런 식으로 비꼬려고 한 의도는 아니었습니다."

"……."

"……."

피월려는 불타는 듯한 두 눈으로 지화추를 응시했다. 그러곤 포권을 취했는데, 그의 눈동자는 지화추에게 고정되어 있었다.

"물론 그렇겠지, 지 단장. 내게 부족한 충성심을 앞으로도 많이 가르쳐 주시오. 내 미내로 대주님에게도 그리 전하겠소."

지화추도 피월려의 눈을 피하지 않았다.

"그래주신다면 감사합니다."

그때였다.

강가에서 살벌한 분위기를 바꾸는 가벼운 목소리가 들렸다.

"푸— 하! 먼저 와 있었구나! 근데 분위기가 왜 이렇게 살벌해?"

물 밖으로 나지오가 모습을 드러냈다. 그의 뒤로 마조대원들이 하나둘씩 뒤따라 나왔는데, 이인일조로 부상당한 다섯 명의 매화마검수를 이송하고 있었다. 그 외의 마조대원들은 양손 가득 어떤 꾸러미를 지니고 있었다. 개봉지부에서 그나마 옮길 수 있던 정보들을 가져온 것 같았다.

그중 한 마조대원은 어깨에 여인 한 명을 지고 있었는데, 다름 아닌 제갈미였다. 그녀는 기절한 듯 팔다리가 축 처진 채였다. 주팔진은 앞으로 주하를 안고 있었는데, 그녀 역시 몸을 잔뜩 웅크린 채 미동조차 없었다.

나지오를 본 지화추가 포권을 취했다.

"부교주님을 뵈옵니다."

나지오는 젖은 머릿결을 뒤로 넘기면서 피월려와 지화추에게 걸어왔다.

"말은 다 준비됐어?"

"예. 바로 가실 작정이십니까?"

"그랬으면 하는데. 피 후배 괜찮겠어?"

피월려는 나지오가 염려하는 부분이 무엇인지 깨닫고는 대답했다.

"이미 안정을 되찾았소."

항상 평정심을 유지하던 지화추도 피월려의 말투를 그냥 넘기기 어려웠는지, 고개를 들어 피월려를 보았다. 나지오는 손뼉을 마주치며 말했다.

"좋아, 앞으로 말을 타고 전속력으로 달릴 거야. 말을 교대해 가면서 탈 거니까."

지화추가 물었다.

"중간에 쉬지 않으실 작정이십니까?"

"어. 이틀이면 괜찮지."

"인원수가 생각보다 많아, 쉬지 않고 달리기엔 말의 수가 부족합니다. 중간에 반나절 정도는 쉬는 편이 좋을 듯합니다."

"단장이 그리 생각한다면 그리하지. 일단 개봉에서 떠나도록 하자. 안은 완전 불지옥이야. 높은 성벽 때문에 안의 열기가 밖으로 빠져나갈 수도 없으니⋯ 아마 개봉 전체가 잿더미가 될 때까지 불길이 멈추지 않겠지."

나지오는 하늘을 보았다. 장마철보다 이른 시기이니, 비가 내릴 가능성도 적었다.

지화추가 말했다.

"그러면 제가 대주님의 뒤를 따르겠습니다."

"이젠 부교주야, 대주가 아니라. 실수하지 마."

"아, 제가 말한 대주님은 부교주님을 칭하는 것이 아닙니다."

"그럼? 여기 무슨 대주가 있는데?"

지화추는 피월려를 가리켰다.

"일대주로 임명되셨습니다."

"뭐?"

나지오는 피월려를 보았다. 피월려는 손에 든 명패를 보였다.

"어찌하다 보니, 일이 이렇게 된 듯하오."

나지오는 씩 웃다가 갑자기 얼굴을 굳히며 지화추를 보았다.

"낙양단장. 낙양지부 내부와 소통이 끊겼을 텐데, 어떻게 피월려를 일대주로 임명하라는 명을 받을 수 있던 거야?"

"소통이 끊기기 전에 받았습니다."

"그때는 소군이 마성에 젖지 않았었잖아? 지부장님이 소군을 건너뛰고 피 후배를 일대주로 임명하셨다는 거냐? 천 공자와 지 매도 있는데?"

피월려의 입이 살포시 벌어졌다. 이 부분은 그도 간파하지 못한 부분이기 때문이다. 일대주로 갑자기 임명되다 보니, 의심할 겨를이 없었던 것이다.

지화추는 조용한 목소리로 변명했다.

"흑무수께서 변을 당하서 병상에 있으실……"

"죽기 싫으면 내 앞에서 서화능을 별호로 칭하지 마라."

"현 낙양지부 지부장은 현무인귀(玄霧人鬼) 박소을이십니다. 돌아가신 흑무수께서는 직위가 없으신 고로 성함으로 칭하는 것이 오히려 실례입니다."

"네놈이 흑무수라 서화능을 칭하는 건 죽었다는 걸 강조하려는 거잖아."

"설마 그럴 리가 있겠습니까?"

"하여간 한 번 더 그리 지껄여 봐."

"……"

"그래서 서화능이 병상에 계실 때 뭐?"

"그때… 서화능께선 스스로의 천수가 다함을 아시고, 주 대원을 먼저 부르셨습니다. 그리고 일대주 자리에 임명하려 했는데, 주 대원이 먼저 거부하셨습니다. 또한 서린지 대원에게 말하니, 서 대원은 곧 본부로 돌아간다고 하더군요."

나지오는 코웃음 쳤다.

"하긴, 소군이나 지 매나 서화능의 유언이라도 자기 기분에 내키지 않으면 단호히 거절했겠지. 근데 지 매가 본부로 돌아간다니… 천 공자하고는 정말 끝난 건가?"

"그 부분은 잘 모릅니다. 어찌 됐든 그 이후, 박소을 지부장님과 여러 논의 끝에 피 대원이 일대주로 임명된 것입니다."

피월려는 딱딱한 표정으로 지화추에게 물었다.

"나에게는 왜 주소군이 마성에 젖어서 일대주에 오르지 못했다고 말했소?"

지화추는 담담하게 대답했다.

"그리 말한 적 없습니다. 피 대주께서 오해하신 것이지요. 전 진실을 말하려 했습니다만, 피 대주께서 갑자기 주 대원의 상태를 물었기에 그에 따라 대답한 것뿐입니다."

"의도적으로 숨긴 건 아니오?"

"제가 정보를 다루다 보니, 정보를 숨기는 말투가 버릇이 된 듯합니다. 의도적인 건 아닙니다."

"……"

그러고 보면 지화추가 피월려에게 진실을 말하지 않았다고 해서 얻을 것이 없다.

습관적으로 정보를 숨기려 하다니. 피월려는 지화추가 걸어온 인생길이 어떤 길인지 대충 예상할 수 있었다.

나지오가 고개를 끄덕이며 말했다.

"뭐, 그건 믿어주마. 근데 왜 피 후배가 일대주가 됐다는 걸 이제야 말하는 거야?"

"박소을 지부장님의 명입니다. 낙성혈신마를 직접 눈으로 확인하는 순간까지 누구에게도 발설하지 말라 했습니다."

"'누구에게도'에 나까지 포함이라는 거냐?"

"당시에는 부교주님은 낙양지부의 오대주이셨습니다. 고로 지부장의 명령 아래 계셨습니다. 때문에 부교주님에게 말하지 않은 것입니다."

"내가 입신에 들어선 걸 알았을 때도 말하지 않았잖아?"

"굳이 묻지 않으셨기에 대답하지 않았습니다."

습관이라면 참 대단한 습관이다.

나지오는 기가 찬 듯 말했다.

"네놈이 간 큰 건 알았지만 이 정도일 줄은 몰랐어. 교주님에게 그런 밀명을 받은 것도 모두에게 숨기고 말이지."

"교주님에게 직접 교주령을 받았다면, 천마신교의 그 어떤 마인도 그리 행할 것입니다."

"뒷배 한번 좋아. 왜? 그냥 모든 질문에 입을 닫고 교주께서 함구하라 했다고 하지? 그럼 편할 텐데."

"그런 명은 없었으니, 따를 이유가 없습니다."

"따르지 않을 이유도 없지. 없는 명을 있다고 거짓부렁을 씨불여도 그걸 밝혀낼 사람도 없잖아? 누가 교주님한테 가서 물어볼 것도 아닌데."

"⋯⋯."

지화추가 대답하지 않자, 나지오가 짜증 섞인 목소리로 피월려를 불렀다.

"피 후배!"

피월려가 대답했다.

"말씀하시오."

"저거 어떡할 거야?"

나지오는 엄지로 한곳을 가리켰다. 그곳에는 땅에 벌러덩 누운 제갈미가 있었다. 그녀는 막 정신을 차렸는지 연신 목을 캑캑거리며 물을 토해내고 있었다.

"제갈미를 말하는 것이라면… 제일대로 임명하겠소."

"데리고 있겠다고? 머리가 보통 좋은 게 아니라 들었는데 잘 다룰 수 있겠어?"

제갈미는 진심으로 피월려를 믿는 도박을 거행했다. 그런 그녀를 받아주는 것이 인지상정 아닌가?

또한 그녀가 진심이 아니어도 상관없다. 마조대 개봉단장이 알려준 심공은 머리를 쓰는 것에 재미를 느끼게 만들어준다. 만약 제갈미가 역으로 천마신교에 잠입하려는 계략이라면 그건 그것대로 재밌을 것이다. 그걸 한 번 더 꼬아서 이용할 수도 있다.

피월려가 자신 있는 목소리로 대답했다.

"걱정하시 마시오. 내 모든 책임을 지겠소."

나지오는 크게 웃었다.

"하하하. 뭐 좋아. 네가 만드는 제일대… 꽤 재밌겠어. 부교주가 되어서 지부에 더 이상 남지 못하는 게 아쉬울 정도인데?"

"아, 나 선배께서는 본부로 가야 하는 것이오?"

나지오의 안색이 눈치챌 수 없을 만큼 미세하게 어두워졌다.

"시험을 통과하고 정식으로 등극하면… 지부에 있을 수는 없지."

나지오는 현재 임시 부교주이다. 임시를 떼고 정식으로 부교주가 되기 위해서 통과해야 하는 시험이 있다.

"어떤 시험이오?"

피월려의 질문에 나지오는 말끝을 흐렸다.

"뭐, 그런 게 있어… 그나저나 어서 타기나 해. 더 이상 여기에 볼일은 없어. 얼른 지부로 돌아가자고. 보름이 지난 시각부터 죽어나가는 마인들이 기하급수적으로 늘어날 테니까, 예정된 시간보다 조금이라도 지체돼선 안 돼."

나지오의 명령에 마인들이 빠르게 움직였다.

피월려도 힘이 좋게 보이는 말을 하나 골라, 진설린을 태워주었다.

진설린은 뭐가 불만인지, 뺨을 부풀리고 있었다.

"내게 무슨 아쉬운 것이 있소?"

진설린은 기다렸다는 듯이 그에게 따졌다.

"저 여자, 누구죠?"

그녀가 턱짓한 쪽을 보니, 탈진한 제갈미가 멍한 눈길로 앞을 보고 있었다. 그 상태로 말을 타고 달려야 한다는 사실에 절망하고 있던 터라 너무나도 불쌍해 보였다.

"제갈미요. 혹 전에 들어보진 못했소?"

"들어봤죠. 천한 출생에서 바득바득 기어올라 기어코 봉의 한 자리에 오른 명봉은 명문세가에서 꽤 유명한 이야기예요. 그 신분 때문에 그녀는 구룡사봉 사이에서도 따돌림을 당했다고 들었어요. 지룡도 그녀를 여동생으로 취급하지 않았죠."

제갈미를 바라보는 진설린의 시선도 매우 곱지 않았다. 피월려는 그것을 느끼고는 말했다.

"신분으로 사람을 싫어하진 마시오."

진설린의 눈동자가 동그랗게 변했다.

"설마 제가 그녀의 신분 때문에 탐탁지 않게 생각한다고 보세요?"

"그럼 무엇 때문이오?"

"월랑 때문이죠."

"나?"

"월랑이 저 여인을 제일대로 임명하겠다면서요. 그리고 무슨 거둬들이시는 것처럼 말씀하시던데……."

"……."

"혹시 저 여자랑?"

"아니오. 진 소저께서 걱정하는 그런 일은 없었소."

"제가 걱정하는 일이 뭔데요?"

"말장난은 그만합시다. 없었소, 그런 일."

"너무 단호하게 말씀하시니 더 의심 가네."

"정말 아니오."

"그럼 월랑 몸속에서 느껴졌던 음기는요? 지금 딱 느껴지는 게 저 여자의 음기 같은데……."

"내 몸에 제갈미의 음기가 있었다는 것이오?"

"네. 확실히요."

"아마… 나를 치료하는 과정에서 그녀의 음기가……."

진설린은 갑자기 소리를 마구 질렀다.

"치료? 치료! 치— 이, 료— 오!"

그녀의 목소리에 모든 마인이 그녀와 피월려를 보았다. 부끄러워진 피월려가 조용히 진설린을 타일렀다.

"오해하지 마시오, 음양합일이 아니었소."

"그러면요!"

"침술이었소. 금침으로 온몸을 찔렀소. 정 못 믿겠거든 내 피부 위를 살펴보시오. 모공에 침 자국이 남아 있을 것이오."

진설린은 입술을 삐죽인 채로, 피월려의 소매를 걷고 팔뚝을 들었다. 그러고는 코앞에 가져가 샅샅이 그의 피부를 살폈다. 그러자 점차 그녀의 부풀어진 볼이 줄어들기 시작했다.

그녀는 홱 팔을 돌려주고는 말했다.

"됐어요."

그러곤 민망했는지, 먼저 말에 올라탔다. 피월려는 그 모습이 어이없기도 했지만 귀엽기도 해, 그냥 너털웃음을 지었다. 음식에 독을 탄 그녀의 잔인한 행각이 기억나지 않을 정도였다.

문득 그가 옆을 보니 막 말 위에 주하의 몸을 묶고 있던 주팔진이 보였다. 그는 그에게 다가가 물었다.

"주하의 상태는 어떻소?"

주팔진은 포권을 취하면서 말했다.

"다행히 상처는 잘 치유된 듯싶습니다. 귀식대법도 서서히 풀리는 중이니, 해가 뜨기 전에는 정신을 차릴 듯싶습니다."

"그것 참 다행이오. 그럼."

피월려는 제자리로 돌아와 다시 진설린 옆의 말에 올라탔다.

진설린의 볼은 다시 부풀어 있었다.

"하아… 왜 그러시오?"

"주 소저 얼굴 보러 갔잖아요."

"……"

"나 버려두고 갔잖아요."

"……"

"됐어요."

"······."

그럼 팔짱이라도 끼고 갔다 왔어야 한단 말인가?

피월려는 한숨을 푹푹 내쉬었다.

제오십구장(第五十九章)

여행길은 대략 삼 일 정도가 흘러 저녁쯤 되었을 때 끝났다.

　오는 길에, 부상당한 매화마검수와 나지오는 서로의 내력을 주고받으며 치료에 전념했는데, 잘 쉬지 못하고 오는 통에 제대로 회복할 수 없었다. 지화추와 개봉단장은 서로에게서 절대 떨어지지 않으며 수시로 대화를 이어갔다. 각각 마조대 낙양단과 개봉단의 단장으로, 서로 할 말이 굉장히 많았던 터였다. 지금까지 해온 임무부터 시작해 사건, 그리고 인물들까지 세밀하게 정보를 주고받으며 협력했다. 개봉이라는 도시가 재기능을 하지 못하는 한, 마조대 개봉단이 낙양단에 완전히 편입될 가능성이 컸기에 그런 미래까지 상의하며 설계했다.

피월려는 하루 종일 진설린과 제갈미, 양쪽의 투정을 받아주느라 심적으로 죽을 것 같았다. 진설린은 가족 이야기부터 시작해 얼마나 서운했는지까지 하나하나 조목조목 따져가며 그를 괴롭혔다. 제갈미는 자기가 가진 백도무림의 정보가 얼마나 큰데 이런 식으로 푸대접을 하냐며 그를 힐난했다. 얼마나 심했으면, 기력을 되찾은 주하가 몇 마디를 하러 왔다가 그의 괴로운 상황을 보고 오히려 말을 삼킬 정도였다.

해가 지고 저녁쯤 되어, 모든 일행은 미내로가 사는 묘장에 도착했다. 그곳에는 나지오가 대기하라고 명령한 제오대 백명의 정예부대와 무영비주들이 있었다. 그들은 지금까지 봉쇄령의 핵심적인 두 부분 중 한 곳을 보호하고 있었다. 이제 어차피 봉쇄령을 푸니 더 이상 지킬 필요가 없어 모두 온 것이다.

나지오가 도착하여 미내로가 입구를 개방하는 즉시 돌격할 수 있도록, 만만의 준비를 하는 통에 다들 눈빛이 예사롭지 않았다.

피월려가 보기에 백 명의 정예부대와 무영비주들은 모두 일류고수로, 그중 몇몇은 지마의 벽에 가로막혀 있는 듯 보였다. 중원 어디서도 찾아보기 어려운 수준의 무력으로 웬만한 중

소문파와 일전을 벌여도 전혀 문제가 없을 정도였다.

나지오가 진설린을 불러 묘장 안으로 들어간 지 대략 반 시진 정도가 흐르자, 나지오가 밖으로 나와 큰 소리로 명령했다.

"지금 막, 미내로 대주가 입구를 열었다. 지금 즉시 들어가서 마인이 아닌 인간을 전부 소탕한다. 지금까지 살아남은 자라면 모두 일류 이상이라 봐야 한다. 그 이하는 모두 죽었을 것이다. 오인일조(五人一組)로 움직이며, 만약 절정급을 만났다면 주위에 무영비주가 없는 한 그 자리에서 즉시 후퇴하라."

무영비주의 무공은 급을 넘어서는 변수를 만들어낼 수 있기 때문에 절정고수에게도 효과적으로 작용될 수 있다. 그러나 그런 것이 아니라면 인간의 한계에 다다른 절정고수를 상대하는 건 숫자와 관계없이 어리석은 짓일 뿐이다.

"존명!"

큰 소리로 대답한 마인들의 눈빛에서 마기가 느껴졌다. 그들은 지시받은 행동 지침을 머릿속에 새기면서 만반의 준비를 끝마쳤다.

마인들이 모두 묘장의 입구를 통해서 지부 안으로 들어가자 밖에는 나지오와 매화마검수, 주하, 제갈미 그리고 피월려만이 남았다. 진설린과 미내로는 묘장 안에서 나오지 않는 듯했다.

나지오가 다가오자, 피월려가 물었다.

"나 선배와 매화마검수들의 상태는 어떻소? 전투에 임하실
수 있소?"

나지오는 고개를 흔들었다.

"검선에게 당한 내상이 너무 심하다. 나 같은 경우에는 개
방 본거지에서 이차적으로 받은 내상도 있고. 나와 매화마검
수들은 지금 여기서 할 수 있는 게 없어."

"그래도 입신의 고수이니……."

나지오가 피월려의 말을 잘랐다.

"금강불괴가 아니었다면 목숨을 잃었을 거라는 말은 진심이
야. 내상만 놓고 보면 나도 저기 누워 있어야 되는데, 그나마
금강불괴니 일단 멀쩡히 돌아다닐 수 있는 거지."

"……"

"현재진행형이지. 지금도 까딱하다가는 혈맥이 터져서 죽
어."

항상 밝은 나지오의 표정이 어두우니 상황이 정말로 심각
한 듯했다.

"그럼 나라도 가서 싸워야겠소."

"아니, 넌 밖에서 할 일이 있어."

"밖에서 말이오?"

나지오는 품에서 지도를 하나 꺼냈다. 그리고 한곳을 가리

키며 말을 이었다.

"여기. 이곳으로 가라."

"그곳에 무엇이 있소?"

"소군."

주소군은 백도무림의 지원 고수들에게 기습을 당해 마성을 폭주시켰었다. 그렇게라도 하지 않으면, 시록쇠의 자리를 대신할 수 없었기 때문이다.

피월려는 잠시 말이 없다가, 물었다.

"아직 살아 있겠소?"

"소군이 이렇게 된 건 대략 칠 일 전이야. 마성이 폭주한 채로 칠 일을 견디는 건 불가능에 가깝지."

"……"

"그래도 그 녀석은 어릴 때부터 무지막지한 양의 영약과 마단을 먹었어. 대부분의 천마급 마인보다 더 많은 내력을 가졌지. 그리고 그의 무공인 자설검공은 내력의 효율이 극도로 좋아. 사람을 죽이는 데 있어 최소한의 내력만 소비하지."

풍부한 내력과 최소한의 소비량을 바탕으로 주소군은 절대 지치는 법이 없었다. 땀 한 방울 흘리지 않고 임무를 완수하는 것이 그의 일상이었고, 때문에 지부에 있는 시간이 임무를 수행하는 시간보다 많았었다.

피월려가 말했다.

"내가 마성에 폭주했을 때는, 강한 힘에 취하여 내력을 사용하고 싶은 욕구를 이길 수 없었소."

"네 마공은 극양이잖아. 주소군의 내공은 음에 치중된 마공이야. 네 폭주는 파괴 본능이 강해지는 것이지만, 주소군의 폭주는 살해 본능이 더 강해진다고 보면 돼. 가만히 서서 생명체를 사냥할 뿐, 파괴하지 않으니 내력의 소모가 적을 거야. 아직 살아 있을 수도 있어."

"하지만 그만큼 되돌리기 어렵소."

"알아. 하지만 지금 주소군을 구할 수 있는 사람은 너밖에 없어. 현재 싸울 수 있는 지마급 고수가 너밖에 없으니까."

"폭주한 이상 그는 천마급으로 봐야 할 것이오. 그런 그를 어찌 내가 말릴 수 있겠소."

"칠 일 동안 폭주해 있었으니, 많이 약해졌겠지."

"상당한 도박이오."

"그 녀석을 포기하고 널 지부 내부로 투입시킬까도 생각했지만, 그래도 확인은 해보는 게 좋을 거 같아서."

주소군.

입교 후에 그처럼 차별 없이 피윌려를 대해준 사람도 없다.

피윌려는 말이 없다 고개를 끄덕이며 검을 고쳐 잡았다.

"가겠소. 무운을 빌어주시오."

나지오는 씨익 웃었다.

"그래. 얼른 갔다 와라. 여기도 바쁘니까."

피월려는 주하를 보곤 말했다.

"오라버니는 내가 구할 테니 너무 걱정하지 마시오."

주하는 입을 굳게 닫고는 고개를 푹 하고 숙일 뿐이었다. 그녀는 귀식대법에서 깨어난 뒤 내공을 제대로 회복하지 못했기 때문에 피월려를 도와줄 수 없었다.

그녀의 어깨가 작게 들썩였다.

"아닙니다. 괜찮습니다. 피 대원께서는 스스로를 살피십시오."

그녀는 최대한 무미건조하게 말하려 했으나, 불안과 슬픔에서 오는 작은 떨림의 흔적이 목소리에 남아 있었다. 혈족(血族)의 피 속에는 천마신교 살수의 냉혹한 눈에서도 눈물을 짜내는 힘이 있었다.

그때 옆에 있던 제갈미가 피월려에게 말했다.

"죽지 마."

"……."

"네가 죽으면 내 목숨도 끝이니까. 절대 죽지 마. 여기서 죽으면 정말 억울할 거고, 저세상에서 만나면 영원히 괴롭힐 테니까."

피월려는 작은 미소를 지었다.

"걱정 마라. 곧 돌아올 테니."

피월려가 몸을 돌리려는데, 나지오가 무언가를 던졌다. 피월려는 무심코 그것을 받았다. 그건 다름 아닌 나지오의 핏빛 장검이었다.

"내가 다루는 쌍검인 태극지혈(太極之血)이라는 놈이다. 정향(貞向)으로 들고 있을 땐, 순수한 양기만을 받고 역수(逆手)로 잡을 땐 순수한 음기만을 받는다. 역수로만 잡지 않으면, 극양혈마공의 마기와도 조화를 이룰 수 있을 거야. 극양혈마공의 마기도 순수한 양기에 가까울 정도로 치우쳐져 있으니."

태극지혈은 손아귀로 잡기만 했는데도, 피월려의 극양혈마공이 뜨겁게 반응했다. 피월려에 몸속에서 항상 넘치던 양기가 그 검으로 빨려들어 가면서 안정감을 주고 있었다. 그 묘한 기분이 피월려의 정신에 큰 안락함을 주었다. 항상 신경 쓰던 걸 신경 쓰지 않게 되니 달콤한 편안함이 찾아왔다.

그 때문에 피월려는 자기가 남의 검을 받았다는 사실조차 잠시 망각했다. 그는 서둘러 그것을 내밀며 나지오에게 말했다.

"받을 수 없소."

나지오는 차갑게 대답했다.

"찬밥 더운밥 가릴 때가 아니지. 주소군 녀석의 목숨이 달려 있어. 길이가 좀 많이 길지만, 무형검을 익혔으니 그 정도는 문제가 되지 않겠지."

"그래도……."

나지오는 남은 검을 피월려에게 보이며 말했다.

"이건 진 소저한테 줄 거야. 진 소저의 음기를 머금게 할 거라서. 네 양기가 담긴 그것과 진 소저의 음기가 담긴 이 검을 동시에 받아서 운행하면 내 치료에도 도움이 되겠지. 그러니 나도 도와준다고 생각하고 잘 써."

"……."

"어서 가. 내 마음이 바뀌기 전에."

그의 말이 맞다.

현재 이런 걸 따질 상황이 아니다.

피월려는 포권을 취하고는 지도에 표시된 곳으로 빠르게 달려갔다. 달려가면서 내력을 발로 돌리자 태극지혈은 그조차도 조화를 일으키며 피월려의 양기가 수월하게 움직이도록 도왔다.

길이도 그렇고 형태도 그렇고, 쉽게 접할 수 있는 검이 아닌데도 불구하고 피월려는 오랫동안 써온 것 같은 익숙함을 느꼈다.

마치 역화검을 되찾은 기분이다. 다른 점이라면, 역화검은 스스로 음기를 내뿜어 조화를 일으켰지만 태극지혈은 넘치는 그의 양기를 일정량 흡수하며 조화를 일으켰다.

피월려는 주소군이 있는 곳과 가까워지자 공기를 짓누르는 음한 마기를 느낄 수 있었다. 날씨가 갑자기 바뀐 것 같은 기분이 들 정도로 일대는 공기가 차갑고 분위기가 음산했다. 그는 극양혈마공을 운행해 양기를 북돋우며 주변에 은은하게 퍼뜨렸다. 그러면서 태극지혈에 흡수시켰는데, 그의 양기를 잔뜩 머금은 태극지혈이 서서히 핏빛으로 빛나기 시작했다.

그때였다.

사락.

풀잎 하나가 흔들리는 소리.

피월려는 피할 수 없음을 직감하고 태극지혈에 담긴 내력을 발경했다. 역화검이 아닌 이상 검기가 나갈지 확신할 수 없었지만 그에게는 선택권이 없었다.

다행히도 태극지혈에서 뿜어진 검은 검기가 보랏빛 검기와 공중에서 부딪쳤다. 두 검기는 서로의 예기를 흡수하며 약해졌고, 때문에 피월려는 수월하게 피해 움직였다.

사락, 사락.

또다시 흔들리는 풀잎.

자신감이 붙은 피월려는 오히려 걸음을 앞으로 내디디며 태극지혈을 크게 휘둘렀다. 그 길이가 길이인지라 뿜어진 검기의 길이도 한 장 가까이 되었고, 여러 번 날아온 보랏빛 검기도 모두 흡수했다.

피월려의 눈빛에 안도감이 자리 잡았다. 보랏빛 검기는 주소군의 자설검공이며 이는 그가 아직 살아 있다는 뜻이기 때문이다. 하지만 그는 조금도 방심할 수 없음을 깨닫고 들뜬 기분을 꽉 조였다.

보랏빛 검기의 수가 대략 스무 개를 넘겼을 즈음, 피월려는 주소군의 모습을 눈으로 확인할 수 있었다.

그는 한적한 공터에서 수십 개로 이뤄진 동그라미 속 중심에 한 폭의 그림처럼 서 있었다.

가장 가까운 원은 그의 마기로 이뤄져 있었다.

그다음은 보랏빛 안개.

그다음은 흙먼지.

그다음은 피.

그다음은 하체.

그다음은 허리.

그다음은 상체.

그다음은 머리.

그다음은 머리카락.

그다음은 천 조각.

그다음은 검 조각.

그다음은 잘린 풀.

그다음은 나무 기둥.

그 중심 속에서 주소군은 귀신의 미소를 머금고, 초점을 잃은 두 눈으로 피월려를 보고 있었다. 보는 것만으로 오금이 저려오는 공포가 느껴졌다.

피부는 질긴 나무 줄기였고, 눈은 음침한 동굴이었다. 옷은 찢긴 가죽이었으며 머리카락은 쌓인 모래였다. 시체가 서 있다 해도 믿을 만한 그 참담한 모습에서 유일하게 생동감이 넘치는 것이 있다면 그의 검, 설주였다.

피월려는 은은한 보랏빛을 머금은 설주가 웃고 있다고 느꼈다. 그것은 주소군의 얼굴을 빌려 그를 비웃고 있었다.

설주가 크게 움직였다. 간결한 동작이 주를 이루는 자설검공 중에 큰 동작으로 시작하는 초식은 단 하나. 피월려는 즉시 앞으로 움직였다. 그 초식은 마치 반달처럼 휘어지는 검기가 날리는데, 그 위압감에 뒷걸음질 치는 상대를 집요하게 따라가는 특징이 있었다. 파훼할 방법이 있다면 오히려 앞으로 나가는 것인데, 주소군에게 자설검공을 익힌 피월려는 그것을 이미 알고 있었다.

설주가 흐릿해졌다.

그리고 오른쪽에서 날아오는 설주.

오랜 경험으로 축적된 기감은 분명 그렇게 말하고 있었다. 하지만 충분히 피할 속도이기 때문에 몸을 왼쪽으로 움직이면 그만이다. 굳이 내력과 힘을 낭비하면서 막을 필요는 없다. 하지만, 피월려는 피하지 않고 태극지혈에 내력을 불어넣어 막

왔다.

자설검공의 핵심인 위설(僞雪)은 기감에만 잡히는 거짓 검으로, 상대방으로 하여금 피하는 움직임을 강요한다. 즉, 부딪치거나 시야에 잡히는 실제 검 외에 가상의 검을 만드는 것으로 묘한 시간 차를 만들어내어 당하는 사람의 입장에서 어처구니없이 빠른 쾌검(快劍)이라 느끼게 된다. 주소군처럼 극도에 오르게 되면 동시에 각기 다른 쪽에서 검이 날아오는 듯한 착각까지 만들 수 있다.

채— 앵.

피월려의 머릿속에서 검과 검이 부딪치는 소리가 들렸다. 그러나 그것은 실제 소리가 아니라 검이 부딪칠 것이라고 확신해 버린 피월려의 무의식이 만들어낸 환청이었다.

위설은 검기가 아니다. 그저 머릿속에 존재하는 환상의 검.

즉각 오른쪽에서 검이 날아왔다. 다만 시야에는 잡을 수 없어 진짜 검인지 위설인지 판단하기 어려웠다.

피월려는 그 초식이 자설검공의 초식 중 하나인 삼요자설(三搖紫雪)이라 생각했다. 피월려는 주소군과의 수많은 비무와 무학에 대한 토론 때문에 자설검공의 대부분 초식을 섭렵했고, 때문에 단순히 이름뿐 아니라 그 특징까지 모두 알고 있었다. 삼요자설은 두 번째 검까지 위설이기 때문에, 피월려는 그것을 피하지도 막지도 않았다.

대신 위로 휘둘렀다.

쾅!

보랏빛의 설주와 검은빛의 태극지혈이 서로의 내력과 충돌하며 폭발음을 내었다. 설주는 즉시 뒤로 움직이며 빠졌다. 설주가 뒤로 움직임과 동시에 피월려는 오른쪽과 왼쪽에서 양어깨를 공격하려는 검을 느꼈다.

두 개의 위설을 뿌리며 후퇴하는 초식.

피월려는 상관하지 않고 설주를 따라갔다. 그리고 태극지혈에 마기를 잔뜩 담고는 앞으로 내질렀다. 그러자 긴 길이의 태극지혈을 본뜬 검은 검기가 앞으로 쏘아졌다.

찌르는 모양으로 쏘아지는 검기는 강한 관통력을 지닌다. 주소군의 몸에서 반탄지기가 뿜어졌지만, 완전히 막을 수 없었는지 그의 가슴에 미약한 상처를 남겼다. 하지만 그 내부는 결코 미약한 상처로 끝나지 않았을 것이다.

완전히 초식을 간파하고 가슴을 찌른 검기. 주소군이 마성에 젖어 있지만 않았다면 치명적일 것이다. 하지만 지금은 전혀 문제가 없는지, 고요한 자태를 유지하며 차갑게 가라앉은 눈빛으로 피월려를 바라보고 있었다.

주소군은 설주를 앞으로 뻗었다. 다행히 피월려는 그 자세 또한 알았다.

언젠가 피월려가 자설검공을 익히고 나서 모든 초식을 숙지하게 되자, 주소군은 더 이상 자설검공으로 피월려를 상대할 수 없었다. 피월려에게는 어떤 초식도 효과적으로 작용하지 않았기 때문이다. 그래서 주소군은 그 이후부터 자설검공에서 위설만을 뽑아 무형검을 펼쳤었다. 자설검공을 12성 대성한 그는 충분히 그럴 능력이 있었다.

위설만을 뽑아 쓰기 위해 고도로 집중하여 머릿속으로 검공을 분해하는 준비 자세. 그 자세를 지금 잡았다는 건 마성에 젖은 그가 무형검을 쓰기로 작정했다는 뜻이다. 즉 더 이상 자설검공의 초식을 사용하지 않겠다는 것이고, 이는 확실한 예상을 할 수 없다는 것이다.

피월려가 이를 악물었다. 앞으로 힘든 싸움이 될 것을 예감했기 때문이다. 그런데 그런 작은 변화를 눈치챈 주소군은 그 찰나의 순간조차 놓치지 않고 기회로 잡았다. 빠른 보법으로 순식간에 태극지혈의 검경(劍境)에 들어오는 것도 모자라, 피월려의 품 안까지 들어오려 했다.

피월려는 금강부동신법을 펼쳐 뒤로 움직이며 태극지혈의 내력을 담아 횡으로 베었다. 그러나 주소군과의 거리는 전혀 벌어지지 않았고, 설주의 검경에 피월려가 들어오는 거리까지 가까워졌다.

시야가 보랏빛으로 번쩍였고, 총 다섯 개에 달하는 검이 피월려를 향해 날아왔다. 위에서 하나, 오른쪽에서 셋, 그리고 왼쪽에서 하나. 이 다섯 개의 검 중 넷은 위설이다.

정상이라면 주소군은 절대 네 개의 위설을 한 번에 뿌리지 않았을 것이다. 그건 인간의 한계를 벗어나는 것이기도 하지만, 가능하다 해도 내력과 정신력의 소모가 극도로 크기 때문에 쉽게 마성에 젖을 수 있었다.

하지만 이미 마성에 젖은 주소군이 그런 걸 생각할 리가 없다. 팔의 근육이 찢어지든 내력이 부족하든, 첫 검부터 위설 네 개를 뿌렸다. 근육이 찢어지면 마기로 고치면 그만이오, 내력이 부족하면 선천지기에서 끌어다 쓰면 그만이다.

피월려는 용안심공을 펼쳐 무엇이 위설인지 최대한 파악하려 했다. 그러나 곧 그 행위가 무의미하다는 것을 깨달았다.

용안심공은 인간의 감각으로 얻는 모든 정보를 하나하나 끌어모아 정보를 도출해 내는 심공이다. 하지만 주소군은 심즉동의 고수. 움직임의 시작이 없다. 그러니 예상도 불가능하다. 그리고 예상했다 할지라도 그 예상이 틀리면 바로 설주에게 베여 죽는다. 그러니 다섯 개의 검 중 무엇이 위설인지 판단하는 건 의미가 없다.

자설검공은 그 핵심인 위설이 무엇인지 아는 상대에게도 여전히 곤혹스러운 최상급 검공이다.

피월려는 내력의 소모를 감수하고 온몸으로 반탄지기를 펼쳤다. 검은 마기가 뿜어지며 사방으로 비산하자, 오른쪽 세 개와 왼쪽의 한 개가 위설임을 알아챌 수 있었다. 위에서 반탄지기에 대한 격한 반발심이 느껴졌기 때문이다.

피월려가 즉시 태극지혈에 내력을 주입하며 그것을 들어 올리려는 찰나 공중에 휘날리는 그의 머리카락이 얼어 있는 것을 보았다.

아니, 점점 얼고 있었다.

그리고 환한 보랏빛.

피월려는 깨달았다.

검강(劍罡)!

자설검기를 기반으로 한 검강이다.

본디 강기(罡氣)란 무형의 기가 모이고 모여 유형으로 변한 것이다. 즉, 사람의 의지가 담긴 무공으로 엮어 만든 기의 집약체인 것이다. 하지만 이는 세상에 존재할 수 없기에 빠르게 사라지며 흔적을 남긴다.

기는 빠른 속도로 사라지며 빛을 남긴다.

그리고 무공 속의 의지 역시 빠른 속도로 사라지며, 그 무공의 특색을 남긴다.

진파진의 경우, 그의 강기는 황금빛 용이 되어 주변을 초토화(焦土化)한다.

주소군의 경우, 그의 강기는 보랏빛 눈이 되어 주변을 냉각화(冷却化)한다.

만년한철에 묶여 있을 때도 느껴보지 못한 냉기(冷氣)가 피월려의 반탄지기를 뚫고 들어왔다.

죽음이다.

피월려는 두 번 생각할 것도 없이 극양혈마공을 폭주시켰다. 몸에 남아 있는 한 줌의 내력까지도 모두 모아 태극지혈에 쏟아부었다. 그러자 태극지혈이 뜨겁게 타오르며 검은 불을 일으켰다. 피월려는 겨우 그것을 들어 올릴 수 있었다.

검은 불에 타오르는 태극지혈과 보랏빛 눈이 쌓인 설주가 부딪쳤다.

소리는 없었다. 검과 검이 마주친 곳에 존재하는 모든 종류의 힘이 그 공간에서 빠져나가지 못했기 때문이다.

두 검은 공중에서 붙은 것 같았다.

"쿨컥!"

피를 토한 피월려는 즉시 극심한 내력의 고갈을 느꼈다. 태극지혈은 주소군의 검강을 모조리 태워 버릴 만큼 내력을 요구했고 피월려의 사정 따위는 봐주지 않았다. 피월려의 선천지기까지 빼앗을 기세였기에, 피월려는 마성에 젖는 것까지 각오하고 용안심공의 통제까지 벗어날 정도로 극양혈마공을 폭주시켰다.

사십 년의 내력에서 세 배가 불어 총 이 갑자가 넘는 내력이 되었음에도 주소군의 검강을 감당할 수 없었다. 네 배가 되어 이 갑자 사십년의 내력이 되니 감당할 만했다. 그리고 다섯 배가 되어 삼 갑자를 넘어서니 서서히 주소군의 검강이 빛을 잃어버리기 시작했다.

그렇게 주소군의 몸에 남아 있는 모든 내력이 불타 없어지자, 빛을 잃은 설주는 먼지가 되어 공중에 흩날렸다. 모래알보다 작은 가루가 되어 바람을 타고 서서히 제 모습을 잃어갔다.

이윽고 설주가 세상에서 완전히 사라지자, 주소군의 몸이 앞으로 쓰러졌다. 피월려는 앞으로 쓰러지는 주소군을 받아 몸을 일으켜 세웠다. 다행히 피월려의 정신은 온전했는데, 폭주한 극양혈마공의 양기가 주소군의 음기와 조화를 이루며 모두 사라졌기 때문이다.

곧 주소군의 눈에 생기가 감돌기 시작했고 그가 쪼그라든 입술을 살포시 벌려 갈라진 목소리로 말했다.

"역시… 피 형이군요."

너무나 미약하여 환갑이 지난 노인의 목소리 같았다.

피월려는 대답하려 했으나 속에서 올라오는 역겨움에 고개를 돌리고 토를 하기 시작했다.

"우웩, 우에웩!"

시뻘건 핏물이 쏟아졌고 그 속에는 내장의 조각으로 보이는 것도 일부 있었다. 주소군은 그것을 보며 희미하게 웃었다.

"쉬, 쉽진 않았죠?"

피월려는 입가를 닦고는 말했다.

"덕분에… 난생처음 검강을 펼쳐봤소. 감사하오."

주소군은 힘겹게 미소를 유지했다.

"감사는 제가 해야죠. 목숨을 건졌으니."

피월려가 물었다.

"내공은 어떻게 되었소? 내력을 모두 태운 것 같았는데…
내공은 괜찮은 것이오?"

주소군은 나뭇잎처럼 고개를 살포시 흔들었다.

"내력뿐만 아니라 내공까지도 모두 타버렸어요. 설주도 먼
지가 되었군요."

"……"

"음과 양의 상반된 무공으로 우연치 않게 조화가 일어나지
않았다면 전 꼼짝없이 죽었을 거예요. 목숨을 건진 것만으로
도 감사해야죠."

"다시 무공을 익히면 충분히 고수가 되실 수 있을 것이오."

"예. 하지만 무공을 잃은 이상 은퇴는 어쩔 수 없는 수순이
군요. 흑설이를 가르치고 싶었는데 마침 잘되었죠. 시록쇠 장
로에게 개인 지도를 허락해 달라고 부탁해 봐야겠어요."

천마신교의 마인들이 익히는 마공은 언제나 위험성을 내포
하고 있다. 마인들은 그들이 익히는 마공으로 인해서 언제라
도 내공을 잃어버릴 수 있는데, 그럴 경우에는 은퇴하여 현직

에서 물러난다. 그중 나이가 많지 않아 원로원에 들어가지 못하는 마인들은 마공을 되찾을 때까지 교육부로 들어가 어린 마인들을 가르치는 교관이 되거나, 마조대의 일원이 되는 게 통상적이었다.

피월려가 말했다.

"마공을 되찾거든 꼭 나와 다시 비무하도록 합시다, 주 형."

주소군은 고개를 끄덕였다.

"예, 피 형."

그의 미소에는 허무함이 가득했다.

＊　　　　＊　　　　＊

주소군과 피월려는 서로를 부축하며 지부로 귀환했다. 그들이 도착했을 때 지부는 이미 모든 상황이 종료된 후였기에, 그들은 곧장 부상자들이 모여 있는 곳으로 향할 수 있었다.

이제는 지부장이 된 박소을. 그는 보름 동안 농성을 한 사람이라 보기에는 너무나도 멀쩡한 모습이었다. 지부 내부에서 끝까지 살아남은 마인들은 거의 모두 부상을 당했거나 내상을 입어 회복에 전념하고 있었는데, 그는 딱히 회복할 생각도 없는 듯했다.

피월려가 병상 위에서 휴식하는 동안, 박소을은 나지오와 대화를 나누고 있었다. 부교주가 된 나지오와 지부장이 된 박소을은 할 말이 굉장히 많을 것이다.

시간이 조금 지난 후 박소을이 자리에서 일어났다. 그는 한 마조대원에게 명을 내린 후에 밖으로 나갔고 마조대원이 피월려에게 다가왔다.

"지부장께서 거동하기 불편하냐고 물으십니다."

피월려가 말했다.

"움직일 수는 있다."

"괜찮으시면 방으로 따라오라는 말씀이 있으셨습니다. 명령이 아니므로 거절하셔도 상관없다고……."

"지부장의 처소로 말인가?"

"그렇습니다."

모든 상황을 정리할 필요성을 느낀 피월려는 내상이 깊은 와중에도 움직이기로 결정했다.

"알겠다."

"그럼."

피월려는 아픈 몸을 일으켜 밖으로 나갔고 박소을이 그를 기다리고 있었다.

박소을이 먼저 말을 꺼냈다.

"부상이 심한 것 같은데. 궁금증이 더 큰가 보오?"

"이제 지부장이시라는 말을 들었습니다. 말을 놓으십시오."

"낙성혈신마란 별호와 일대주라는 직위를 갖춘 피 대주에게 내 말을 놓을 수는 없지 않겠소? 일단 처소로 갑시다."

반각쯤 걸어 박소을의 처소에 도착한 그들은 안으로 들어섰다. 그곳은 서화능이 생전에 사용하던 방으로, 피월려도 한 번 방문한 적이 있었다.

박소을은 방 안 상석에 먼저 앉았고 피월려에게도 앉으라고 손짓했다.

피월려가 말했다.

"저화 대화하시기를 원한다 들었습니다만."

박소을은 차를 내놓을 준비를 했다. 언제나 그렇듯, 그는 참 차를 좋아하는 듯했다.

"질문이 많을 것이라 생각하오."

"그저 이야기가 듣고 싶을 뿐입니다. 무슨 일이십니까?"

"몇 가지가 있지만, 그중 가장 먼저 줘야 하는 건 바로 이것이겠지. 받으시오."

박소을은 품에서 흰색 서찰을 꺼냈다. 피월려가 그것을 받아 들자 말을 이었다.

"서화능의 유언이오."

순간 서찰을 받은 피월려의 손끝이 흔들렸다.

"서화능께서 제게 유언을 남겼단 말입니까?"

"나도 의외였소. 그가 유언을 남긴 사람은 천 공자와 그대밖에 없소."

"……."

"그가 죽으면서 피 대주에게 무슨 말을 하고 싶었는지 궁금하지만, 난 그것을 읽지 않았으니 의심할 필요 없소."

피월려는 왠지 박소을의 성격이라면 읽었을 수도 있겠다는 생각을 무심코 했었는데, 그걸 눈빛으로 간파한 것인지 박소을이 덧붙였다. 피월려는 작게 헛기침을 하고는 서찰을 품속에 넣었다.

그런데 박소을이 툭하니 내뱉듯 말했다.

"그거. 안 좋은 버릇이오."

"예?"

"헛기침하는 거 말이오. 민망할 때마다."

"……."

"사리분별이 냉철한 피 대주에게 그런 미숙한 부분이 있다니, 나는 오히려 기분이 좋소. 사람이 너무 완벽하면 매력이 없는 법이지."

피월려는 다시 헛기침을 했고, 자기가 헛기침을 했다는 걸 알아채고는 또다시 민망함을 느껴 헛기침을 했다. 그러곤 어이없다는 듯이 웃어버렸다.

피월려가 말했다.

"지부장의 말씀이 옳은 것 같습니다."

박소을은 찻잔을 밖으로 꺼내며 말했다.

"하나 묻겠소."

"물으십시오."

"부교주의 검을 사용하여 폭주한 주 대원과 싸워 그를 되돌렸다 들었소. 어떻게 된 일이오?"

피월려의 표정이 살짝 굳었다. 그도 그럴 것이, 박소을의 질문은 나지오와 피월려, 그리고 주소군 모두의 마공이 걸린 문제였기 때문이다.

피월려는 최대한 간결하게 설명했다.

"태극지혈은 제 양기를 수월하게 받았습니다. 음이 강한 마공을 익힌 주 형의 검과 우연하게 조화를 일으켜 서로의 내력을 씨름하게 되었는데, 오랫동안 마성에 젖어 있던 주 형의 마기가 많이 약해졌기에 제 마공으로 모두 태워 버릴 수 있었습니다."

"부교주의 검이 극양혈마공의 마기를 수월하게 받았다니 뜻밖이군. 뭐, 하여간 다행이오. 주 대원이 목숨을 건졌으니. 그러나 마공을 잃은 것은 참으로 큰 손실이 아닐 수 없소. 그가 홀로 감당하던 임무의 양은 그 누구도 넘어서지 못하는 수준이었는데……. 일대주로 있을 때에 그만큼 믿을 수 있는 수하는 없었소. 단 한 번도 실패하지 않았지."

피월려는 잠시 침묵하다가 물었다.

"왜 저를 일대주로 임명하신 겁니까? 그때는 주 형도 마공을 잃어버린 상태가 아니었는데 말입니다."

박소을은 조금도 지체 없이 대답했다.

"같은 혈교인이니까 그랬소만."

"……"

"그것이 아니라면 내가 뭐 하러 피 대주를 일대주로 임명했겠소? 일을 편하게 하고자 함이지."

"저는 혈교인이 된 적이 없습니다. 애초에 혈교가 무엇인지도 모릅니다."

"그 부분은 충분히 설명한 것 같소만, 아직도 이해하기 어렵소?"

"모르겠습니다."

박소을은 차를 끓이며 말했다.

"그러면 모르는 대로 있으시오. 전혀 상관없으니."

"……"

"이 모든 사건의 배후가 누군지는 아시오?"

피월려는 고개를 끄덕였다.

"교주님 아닙니까?"

박소을이 말했다.

"잘 아는군. 교주께서는 우리를 버리셨소. 대신 소림파를 취했지. 그런데 결과가 그렇게 되지 않았소. 소림파는 멸문했고, 낙양지부는 살아남았지. 그리고 애꿎은 개봉에서도 별별 일이 일어났더군. 뭐, 어차피 이젠 불타 없어진 그쪽의 일은 별로 관심 없지만."

"역천의 역사가 쓰였습니다. 정말로 관심이 없습니까?"

"없소."

"……."

황제가 바뀌어도 눈 하나 깜짝 안하는 사람이 정말로 있을 줄이야. 박소을은 차분히 말을 이었다.

"하여간, 낙양지부는 살아남았지만 아직도 극도로 위험한 상황이오. 안으로는 교주에게, 밖으로는 백도무림에게 위협받고 있소. 지부의 누구라도 죽을 수 있는 상황이오. 암살을 거행하는 극단적인 방법도 취할 수 있다 보오."

피월려가 두 눈을 좁히며 물었다.

"설마, 서화능께서도 교주 측에 의해 암살을 당하신 겁니까?"

박소을은 고개를 저었다.

"말은 하지 않았지만, 그것은 아니라고 생각하오. 성음청 교주는 그런 성품의 소유자가 아니니까. 하지만 지금은 상황이 달라졌소. 교주가 암살을 명할 수도 있소."

"왜 이 상황에 교주께서 오히려 그런 극단적인 방법을 취할 수도 있단 말입니까? 낙양지부의 마인은 오 할 이상 죽었고,

나머지도 부상자가 대부분입니다. 낙양지부는 더 이상 교주에게 위협이 될 수 없습니다만."

"낙양지부는 그렇지만, 낙양지부에 속하는 나지오 부교주는 충분히 위협이 될 수 있소."

"……."

피월려의 입이 살포시 벌어졌다.

입신의 경지에 오른 나지오가 낙양지부에 가만히 있었을 때는 모르겠지만, 대외적으로 부교주의 위치에 오르게 되면 또 이야기가 달라진다.

박소을이 말을 이었다.

"또한, 교주께서 낙양지부를 버리는 결정을 하게 된 결정적인 사건이 그전에 있었소."

"그것이 무엇입니까?"

"신물주의 죽음이오."

"……."

"전 신물주는 교주의 사람이었소. 아마 교주의 명으로 낙양지부에 온 것일 것이오. 그런 그가 죽게 되자 교주는 낙양지부에 반역의 세력이 있다고 믿고, 버리는 결정을 내린 것이 분명하오."

피월려가 깊게 생각하기 시작하자 그의 두 눈이 초점을 잃었다.

신물주는 차기 교주다. 교주의 명령에 불복하고 생사혈전을 청할 수 있는 유일한 신분인 것이다. 그런 그가 전대 교주 천각의 세력이 모여 있는 낙양지부에 있었다. 교주는 왜 그런 위험한 결정을 했을까? 바로 신물주를 눈앞에 두고는 먹을 테면 먹으라며 먹이를 던져준 것이다.

그런 신물주가 죽었다. 그리고 신물의 행방은 묘연해졌다. 그 직후, 교주가 낙양지부를 버리는 결정을 내린 건 어찌 보면 당연하다.

피월려가 말했다.

"신물주가 죽고 나 선배께서 부교주에 올랐으니……."

"교주는 필히 낙양지부의 사정에 깊게 관여할 것이오."

"……."

"때문에 한 가지 안전장치를 해놨소만 좀 도박적인 부분이 있소. 그래서 아까 부교주를 설득했소. 혈교에 들어오라고. 부교주는 생각하겠다는 말만 했을 뿐 확답은 하지 않았으나 결국 들어올 것이오."

"어찌 장담하십니까?"

"피 대주와 같은 거 아니겠소? 아니라고는 못하겠지만, 아닐 수 없는 그런 거."

"……."

예전부터 박소을의 말은 태반이 이해하기 어려웠다. 하지만 이제는 그 말들이 어떤 느낌인지 대강 이해할 수 있을 것 같았다.

피월려가 말을 하지 않자, 박소을이 말을 이었다.

"근데 부교주가 하나 확실히 해준 건 있소."

"무엇입니까?"

"그는 자기가 신물주를 죽이지 않았다 했소. 즉, 자기는 신물주가 아니라는 것이지."

"……."

박소을이 묻기도 전에 피월려는 그의 질문을 짐작할 수 있었다.

"혹 그대가 신물주이오?"

이것인가?

이곳으로 부른 이유가?

표정을 보면 답을 이미 아는 것이 분명하다.

피월려는 속일 마음을 아예 접었다. 대신 하나를 얻는 편이 낫다.

"제 질문도 답해주시면, 저도 답하겠습니다."

박소을의 눈이 날카롭게 빛났다.

"물어보시오."

피월려가 말했다.

"개봉으로 흘러들어 온 폭탄의 출처를 아직도 모릅니다. 백도무림이라 확신했는데, 아니었습니다. 때문에 제삼의 세력인가 했습니다만, 아무리 생각해도 가능성이 희박합니다. 때문에 고민했던 저는 한 가지 가능성밖에 없다는 걸 깨달았습니다."

박소을은 순순히 고개를 끄덕였다.

"그렇소. 내가 그리했소."

개봉을 모두 불태운 장본인은 바로 박소을이었던 것이다.

피월려가 물었다.

"이유가 무엇입니까?"

그는 책상 아래에서 무언가를 꺼냈다. 묘한 향을 내는 것으로 이상하게 코가 시려오는 느낌이 들었다.

박소을이 말했다.

"이건은 교화(攪火)라는 것이오. 본 교에서 개발한 것으로, 이를 벽력탄(霹靂彈)에 섞으면 그 화력이 열 배나 강한 천력탄(天靂彈)이 되오. 한 가지 흠이라면 매우 귀하다는 것이오."

피월려는 그것을 노려보며 중얼거렸다.

"벽력탄을 천력탄이라 속이고 팔아서 이윤을 챙기신 겁니까?"

"아니, 그 반대이오."

"예?"

"천력탄을 벽력탄이라 속이고 팔았소."

피월려는 이해할 수 없었다. 화력이 훨씬 강한 폭탄을 왜 더 약한 폭탄이라 속이고 팔았다는 말인가?

"왜 그런 일을 하신 겁니까?"

박소을은 희미한 웃음을 지었다.

"내가 말했잖소. 교주로부터 낙양지부를 지킬 안전장치를 해놨다고."

"더 자세히 설명해 주십시오."

"그건 피 대주의 대답을 듣고 하겠소."

피월려는 입술을 꽉 깨물더니 사실을 털어놓았다.

"맞습니다. 제가 신물주입니다."

피월려가 말을 마치자마자 박소을이 박장대소를 했다.

"크하하! 하하! 하하하!"

한 번도 크게 웃은 적이 없는 그의 박장대소는 생소하기 그지없었다.

한참을 온 방이 떠나가라 웃던 그가 웃음을 서서히 멈췄다. 그가 진정했다고 생각한 피월려가 물었다.

"이젠 제 질문에 답해주십시오. 왜 천력탄을 더 약한 벽력탄이라 속이고 판 것입니까?"

박소을은 웃느라 혼이 난 듯, 화끈해진 얼굴을 매만지며 답했다.

"아, 그것은 간단한 것이오. 권문세가에서 그것을 잘못 사용하여 개봉을 홀라당 태워먹게 만들기 위함이었소."

이해할 수 없었다. 피월려는 또 물었다.

"개봉을 모두 태운다고 낙양에서 이득 볼 것이 무엇입니까? 그리고 그것이 어떻게 교주로부터 낙양지부를 지킬 수 있는 안전장치가 되는 겁니까?"

박소을이 한마디로 피월려의 질문에 대답했다.

"천도(遷都)."

수도를 옮긴다?

그 말을 들은 피월려의 눈이 급격하게 커졌다.

*   *   *

도박의 성공 여부는 한 달이 지나서야 확인되었다.

근 한 달간, 구 할이 불탄 개봉을 복구하는 비용과 낙양으로 천도를 감행하는 비용을 면밀히 계산하고 세세하게 따진 황궁에서 결국 천도를 공표한 것이다. 이백오십 년간 수도 역할을 한 개봉은 그 거대한 성벽이 무색하게 버려졌고, 낙양은 수도로 탈바꿈되기 위해서 엄청난 양의 부가 집중되기 시작했다.

오랜 평화 동안 황궁에서 비축한 부의 양은 마땅히 투자할 곳도 없어 상상을 초월할 정도로 거대한 덩어리가 되었고, 그 누구도 그 실체를 짐작하지 못했었다. 그러나 이번에 전 중원의 경제의 방향을 틀어버릴 만한 천도 사업으로 인해 그 덩어리의 실체가 서서히 드러나고 있었다.

그동안 낙양지부에는 많은 일이 있었다.

백도무림과의 전면전으로 희생된 인원이 총 천이 넘어갔고, 완전히 회복한 마인들은 모두 합해도 사백 명에 지나지 않았다. 천도의 영향으로 곧 중원의 중심이 될 낙양의 천마신교 지부 총인원으로는 턱없이 부족한 숫자다. 따라서 본부에서 많은 이가 파견됨과 동시에 낙양지부 전체의 대대적인 개편이 있었다.

우선 공식적으로 박소을 장로가 천마신교 낙양지부의 지부장 자리에 올랐다. 천마급 마인으로 이미 장로의 직위를 가진 그가 지부장에 오르는 것에 대해서는 그 누구도 반대하는 마인이 없었다.

그리고 인원을 모두 잃었다시피 한 제일대, 그 대주로는 피월려가 임명되었다. 이 또한 반대하는 마인이 적었는데, 이번 일에 피월려의 공이 상당하므로 마인들의 신임을 얻은 덕분이었다. 그러나 그가 천마신교에 입교한 지 일 년도 되지 않았다는 점에서, 태생마교인 사이에서는 작은 불만의 목소리가 있었다.

마공을 잃은 주소군은 은퇴하여 본부로 돌아갔다. 흑설의 개인 지도를 맡아 그녀를 가르치는 데 전념한다 했다.

서린지 또한 천서휘와의 결별로 인해서 본부로 돌아갔다. 애초에 지부에 그녀가 남아 있었던 이유가 바로 천서휘인지라, 그녀의 귀환은 자연스러운 결과였다.

무공을 포기하고 기계공학을 익히겠다는 혈적현은 공부를 위해 본부로 들어가려 했으나, 결국 지부에 남는 것을 선택했다. 살막과 하오문을 통솔하여 천마신교 낙양지부에 부속시키는 일을 끝내야 했고, 비도혈문이 완전히 자리를 잡을 때까지 도와야 했기 때문이다.

피월려의 새로운 제일대는 아직 인원이 확정되지 않은 상태였다. 제일대의 특수성 때문에 대부분 마인은 누가 제일대가 될 것인지 지대한 관심을 가졌다.

제이대의 대주는 전과 같이 초류선 초류아가 맡았다. 이대원도 많은 희생이 있었지만 그들은 모두 본부에서 충당할 수 있는 젊은 여자 마인이라, 다시 인원을 꾸리는 데 별다른 어려움이 없었다.

제삼대의 대주, 천서휘는 태생마교인들의 강력한 지지를 받으며 삼대주의 자리를 굳건히 지켰다. 스승의 죽음과 연인과의 결별로 인해서 크나큰 심적 고통 때문에 자리에서 물러날 수도 있다는 우려를 비웃기라도 하듯 더 사내다운 면모를 보여주었다.

본부의 지원으로 인해서 몸집이 커진 제삼대는 이제 천 명이 넘어가는 인원이 속하게 되었는데, 그중 호승심이 강한 마인들의 도전을 세 번이나 연속적으로 깨부숴 그 누구도 삼대주의 자리를 감히 넘보지 못하게 확실히 못 박았다. 그러고는 전에 나지오가 제오대를 나눴던 것처럼, 그도 제삼대를 단(團) 단위로 나누어 그만의 세력을 확고히 다졌다.

제사대의 대주 소오진도 직위에 변화가 없었다. 다만 문제가 있다면 유일한 사대원인 단시월이 백도무림과의 전투에서 진정한 지마를 깨닫고 정신을 차린 것이다. 소오진과 같은 급이 되어버린 이상, 단시월은 언제라도 생사혈전을 신청하여 승리할 수도 있을 것이다. 하지만 아직까지 단시월은 이렇다 할 행동을 취하지 않고 조용히 소오진을 섬기고 있었다.

제오대의 대주 나지오는 부교주로 등극하며 오대주의 자리에서 물러났다. 그리고 제오대 제일단이었던 매화마검수 모두 나지오 개인의 소속이 되어, 부교주의 친위대(親衛隊)가 되었다. 한때 천 명에 달했던 제오대는 백도무림과의 전투로 인해서 상당수의 인원이 죽어 채 이 할도 남지 않았고 그 수장격인 나지오와 매화마검수도 떠나게 되니 그 위상이 많이 낮아졌다. 패잔병과 같이 돼버린 그들은 자체적으로 투표를 하여 삼단주였던 구양모를 대주로 추대했다. 하지만 구양모의 마공이 지마급에 이르지 못한다는 점에서 오대주가 된 그의 목숨은 언제라도 생사혈전의 위협 속에 놓인 셈이었다.

제육대의 대주 미내로는 스스로 육대주의 자리를 버렸고, 혈적현이 육대주가 되었다. 처음에는 낙양이 수도로 변모함에 따라 낙양지부에 문인(文人)과 공인(工人)의 필요성이 부각되었는데, 박소을이 이들의 부대를 제육대로 소속시켰다. 그들은 그렇게 미내로 대주의 아래에서 일을 하게 되었었는데, 이를 귀찮게 여긴 미내로를 대신해 제육대에 들어간 혈적현이 실질적인 대주 역할을 했었다. 그러다가 미내로는 아예 그에게 자리를 물려주고 식객처럼 묘장에 남게 되었다.

마조대 또한 덩치가 커졌다. 개봉지부에서 일하던 개봉단이 낙양단에 모두 편입되었기 때문이다. 문제가 있다면 개봉단장과 지화추 단장의 미묘한 관계였다. 개봉단장의 무공이 지마급이라는 것을 아는 개봉단의 마조대원들은 지마급이 아닌 지화추 단장을 단장으로 인정하지 않았기 때문이다. 박소을은 억지로 지화추를 개봉단장 위에 두었는데, 아직까지 개봉단장은 이렇다 할 불만을 표하지 않았다.

한 달간 지부의 개편으로 인해서 골머리를 썩은 피월려는 앞으로 있을 천도의 일 때문에 더욱 머리를 써야 할 일이 늘어났다는 사실에 절망에 가까운 기분을 느꼈다. 박소을은 하루에 한 번은 피월려를 찾았는데, 요새 들어서는 한 끼 식사도 마음 놓고 못 할 정도로 그를 불러댔다.

음식을 먹으면서도 동공이 풀려 있는 피월려를 보며 진설린이 걱정스러운 듯 말했다.

"요즘 힘드시죠?"

피월려는 한숨을 푹 내쉬었다.

"이 식사를 끝마치기 전까지 새로운 일대원을 모두 정해야할 텐데, 확신이 안 서오. 지부의 개편과 더불어서 급변하는 낙양 정세에 맞춰 계획을 짜는 일 때문에 지금까지 미뤄뒀으나, 이젠 결단을 내려야 할 것 같소만."

"저는 꼭 넣어주실 거죠?"

피월려는 진설린의 질문에 희미한 미소를 지었다.

"물론이오. 제일대가 아니면 린 매가 어디에 속할 수 있다는 말이오?"

"헤헤. 전 그것이면 됐어요."

진설린의 눈빛이 맑게 빛났다. 걱정거리가 하나도 없는 것 같아 피월려는 그녀가 부럽기 그지없었다. 그녀는 밥을 먹는 와중에도 황금색 공을 가지고 놀고 있었는데, 그 모습이 꼭 아무것도 할 일 없는 집고양이 같았다.

속도 편하다.

피월려는 자리에서 일어났다.

"나가시게요?"

"지부장님을 뵈어야 하오. 아마 밖으로 나가진 않고 곧 돌아올 것이오."

"알겠어요. 어서 오세요."

진설린은 피월려를 보지도 않고 황금색의 공에 집중한 채로 인사했다. 흑설이 본부로 떠나고 나서부터 진설린은 홀로 방 안에서 마법에만 열중했는데, 그럼에도 불구하고 아직 그 황금색 공을 완전히 풀지 못한 것 같았다. 피월려는 황금색 공과 씨름하는 그녀를 부러운 눈길로 보다가 곧 방을 나섰다.

좌로 한 번, 우로 한 번. 그러니 박소을의 방이 나왔다.

봉쇄령과 내부의 싸움으로 인해서 지부의 진법은 구 할 이상 망가져 버렸다. 모습은 그대로지만 진법의 영향이 사라진 것이다. 때문에 지부의 복잡한 복도는 사라졌고, 여느 평범한 집처럼 변해 매우 길을 찾기 쉬웠다.

박소을의 방 안에는 초류선이 먼저 와 앉아 있었다.

"지부장님을 뵈옵니다. 초 대주도 안녕하시오?"

초류선은 고개를 살짝 끄덕이는 것으로 인사를 대신했다. 그녀는 여느 때와 같이 얼굴을 검은 천으로 덮고 있었다. 피월려가 그녀 옆에 앉자 박소을이 그에게 먼저 말했다.

"안 그래도 이대주가 일대주에게 할 말이 있다더군."

피월려가 초류선을 보자 그녀가 말을 이었다.

"주하에 관한 일입니다."

주하가 지마에 올랐기 때문에, 천마신교 강자지존의 율법에 의거하여 더 이상 이대주의 직속에 있을 수 없었다. 본인이 희망한다면 상관없지만, 평소에도 율법에 보수적인 주하가 가장 기본이 되는 강자지존의 법칙을 깨고 가만히 있지는 않을 것이다.

피월려가 물었다.

"혹 주 소저가 생사혈전을 신청했소?"

"그건 아니에요. 하지만 본 교의 첫째 율법은 강자지존. 제이대 전체가 혼란스러워하고 있어요. 이 때문에라도 주하는 본인의 의사와 상관없이 생사혈전을 신청할 거예요."

"그녀는 내 전속이오. 어차피 제이대와는 거리가 있을 텐데?"

"그것도 문제예요. 제일대와의 전속의 목적은 유망한 여성 마인을 교육시킨다는 취지에 있어요. 현실을 잘 모르는 본부의 여성 마인을 활발히 활동하는 제일대에게 부속시킴으로써 현실을 가르치기 위함이죠. 하지만 이미 지마에 오른 그녀에게는 무의미한 것이 아닐까요? 그녀는 그녀 스스로가 전속대원을 가져도 무방할 정도로 성장했어요."

"……"

피월려가 침묵하자 박소을이 말했다.

"이는 제이대에만 있는 문제가 아니오. 제사대의 단시월이 지마에 올랐고 개봉단장 또한 지마급이란 소식이 있소. 지마

급에 맞는 자리가 주어지지 않으면 생사혈전은 불가피할 것이
오."

피월려는 얼굴을 찡그렸다.

"그런 건 스스로에게 맡기는 것 아닙니까? 수뇌부에서 자리
를 정해 맡기는 게 과연 옳은 일이겠습니까?"

"인마급 마인까지는 그렇겠지. 하지만 지마급부터는 이야기
가 다르오."

"왜 그렇습니까?"

"지마급이란 절정과 동일. 인간의 한계에 다다른 마인이오.
따라서 인마급 시절과는 다르게 서로의 실력을 가늠하는 것
자체가 매우 어렵고, 언제 폭주할지 모르는 위험성도 극히 적
소. 따라서 지마급의 인사는 천마신교를 위해서라도 강제적
으로 요직을 맡아야 하오."

"그렇다고 수뇌부에서 자리를 만들어주며 일부러 생사혈전
을 피하게끔 하는 건 옳지 않습니다. 그들의 의사는 물어보셨
습니까?"

"한 달이 지났소. 생사혈전을 원했다면 이미 신청했을 것이
오."

"억지로 하는 건 오히려 더 혼란을 가중할 것입니다. 생사
혈전 없이 요직을 맡는다면 그 수하들이 따르겠습니까? 위에
서 자리를 정해준다면 그들의 아래서 일할 인마급 마인들은

그들을 상관으로 인정하지 않을 것입니다."

"때문에 그들은 수하를 두지 않게 될 것이오."

"예?"

박소을은 미소 지었다.

"제일대의 대원은 모두 지마급 마인이었으며 더불어 수하를 두지 않았소."

피월려는 박소을의 말을 이해했다. 그래서 언성을 높일 수밖에 없었다.

"그들을 제일대에 부속시킬 생각이십니까?"

"정확하오."

"전 지부장님처럼 천마급 마인이 아닙니다. 지마급인 제가 같은 지마급인 그들을 어찌 통솔합니까?"

"그건 제일대의 문제이지 내 문제가 아니오."

피월려는 욕설이 나오는 걸 억눌렀다.

"제게 그들 모두와 생사혈전이라도 하라는 겁니까?"

"그렇소. 한 명씩 일대일로 승리해야 하오. 그래야 지부의 마인들이 수긍할 것이오."

"……."

간단한 대답에 피월려는 기가 차 대꾸도 못했다. 그런데 거기에 박소을이 덧붙였다.

"그리고 그들을 죽이지는 마시오. 지금과 같은 시기에 귀중

한 자원을 잃을 순 없소."

피월려는 고개를 흔들거리며 어이없다는 듯 물었다.

"생사혈전의 생사가 무슨 의미인지는 아십니까? 비상식적인
요구이십니다. 게다가 그런 위험성이 싫어서 그들을 각자의
부대에서 빼온다는 것 아닙니까? 그러면 그런 위험성이 사라
지는 게 아니라……."

"집중시키는 것이지, 제일대로 말이오."

"……."

피월려의 말을 뺏은 박소을이 태연하게 말을 이었다.

"이건 요구가 아니라 지부장으로서의 명이오. 서로 직위는
달라졌지만, 내가 피 대주의 직속상관임은 여전한 사실이오.
즉, 내 명은 직속 명령이니 상식적이든 비상식적이든 피 대주
에게는 무조건 복종해야 할 의무가 있소."

피월려는 이를 바득 갈았다. 그러나 여기서 불복할 자신은
없었다.

"존… 명……."

초류선은 딱하다는 시선으로 피월려를 보다가 이내 고개를
돌려 박소을에게 물었다.

"그럼 주하는 제일대로 편입되는 것으로 알겠습니다, 지부
장님. 그럼 비어버린 피 대주의 전속대원은 누구로 편성하실
생각이십니까?"

"지부장의 전속은 이대주가 맡는 것이니, 앞으로 이대주가 내 전속이 될 것이오. 따라서 자리가 비는 원설을 일대주가 맡아주면 되지 않소?"

박소을이 피월려를 일대주로 정한 이유는 그를 혈교인으로 생각하기 때문이었다. 즉 앞으로 혈교의 일을 논할 터인데 박소을의 전속이 초류선이 된 이상, 피월려의 전속까지도 주하가 돼버리면 전처럼 혈교의 일을 마음껏 논할 수 없게 된다. 적어도 둘 중 한 명의 전속이 혈교인이어야만 혈교의 일을 논할 수 있을 것이다. 때문에 원설을 피월려의 전속대원으로 두려는 것이다.

하지만, 피월려는 더 이상 혈교의 일에 꼬이기 싫었다. 애초에 혈교인이란 자각도 없었고, 목숨을 걸고 교주를 반하는 것도 마음에 들지 않았으며, 그에 관해서 아리송한 말로 일관하는 박소을의 태도도 짜증 났다.

원설이 전속대원이 되는 것을 가만히 앉아서 보고만 있을 수는 없다. 피월려는 갑자기 대화에 끼어들었다.

"주하가 일대원이 된다 하더라도 하는 일은 비슷할 것입니다. 전 또 다른 전속대원이 필요하지 않습니다."

박소을은 즉시 맞받아쳤다.

"지마급이 된 주 대원이 할 수 있는 일은 지극히 많소. 그녀를 일대주의 전속으로 쓰는 건 크나큰 낭비이오."

"그럼 원설을 주 소저에게 주시지요. 그편이 더 간단할 것입니다."

"주 소저에게는 서린지 대원의 전속대원이었던 마인을 전속시킬 생각이오만. 그냥 원설을 전속대원으로 쓰시오. 이건 명이오."

명이라니 할 말이 없다.

"존명……."

초류선이 있기에 서로 그럴싸한 이유를 대었지만 속내는 따로 있다. 서로를 마주 보는 피월려와 박소을의 눈동자에는 복잡한 생각이 수없이 얽혀 있었다.

초류선이 자리에서 일어났다.

"그러면 전속대원과 관련된 일은 모두 정리된 듯합니다. 혹시 더 말씀하실 부분이 있으십니까?"

"한 가지만 더."

"무엇입니까?"

"마조대를 지원하는 제이대의 대원은 대략 어느 정도 되오?"

"사 할 정도 됩니다. 정보의 일이 많아져서 최근 투입되는 대원이 많습니다."

"그들을 모두 제육대의 지원으로 돌리시오."

초류선은 잠시 말이 없다가 물었다.

"마조대를 지원하지 말라는 말씀이십니까?"

"전혀 지원하지 마시오."

"그렇게 되면 그들도 정보를 제공하지 않으려 할 것입니다. 아무리 낙양지부가 특수한 지부라고 하나 지부는 지부. 마조대에서 우리에게 정보를 제공해야 하는 의무는 없습니다. 호의로 협력하는 사이인 이상, 그들과 사이가 틀어지는 것은 바람직하지 못합니다."

"이건 명이오."

박소을은 같은 말을 반복했다. 초류선의 얼굴에는 의문이 가시지 않았지만, 그녀는 포권을 취했다.

"존명."

"나가보시오. 내가 맡긴 일을 지금 즉시 수행하길 바라오."

"존명."

초류선은 표정이 굳은 채로 방 밖으로 나갔고, 가만히 있던 피월려가 조심스럽게 입을 열었다. 그의 생각으로도 마조대와 반목하는 건 좋지 않았기 때문이다.

"개봉의 마조대까지 들어온 상황이라, 마조대의 세력이 매우 커졌습니다. 그들과 불필요한 긴장감을 조성할 필요가 있겠습니까?"

박소을은 눈을 가늘게 뜨며 말했다.

"새롭게 육대주가 된 혈 대주에게 연락이 왔소. 살막과 하오문의 정보 체계를 천마신교 아래 완전히 부속시켰다고 말이오."

피월려가 영문을 몰라 어리둥절한 표정을 지었다.

"예?"

"나는 지 단장을 더 이상 신용할 수 없소. 때문에 지부 내부에 독립적인 정보부대를 새로이 만든 것이오. 이젠 그들이 마조대의 역할을 충분히 대신할 수 있을 것이오. 따로 우리만의 정보부대가 있는 한, 교주 직속의 마조대와 협력할 필요가 없소."

피월려가 놀란 듯 물었다.

"그 때문에 제육대를 새롭게 만드신 거였습니까?"

박소을이 고개를 끄덕였다.

"혈 대주가 무공을 상당수 잃었다 하나, 살막과 하오문을 장악하고 지금까지 통솔한 그 실력은 그대로이오. 비도혈문이란 환경 아래에서 살수로 컸지만, 정보 방면으로 재능이 상당했던 모양이오. 이젠 제육대 전체가 살막주와 하오문주의 역할을 감당하면서 좀 더 체계적인 정보를 수집할 수 있게 되었소. 이젠 마조대와 거리를 두어야 할 시기이오."

"지 단장을 신용하실 수 없다……. 그렇다면 개봉단장은 어떻게 생각하십니까?"

"마조대의 단장은 실력보다 충성심을 먼저 볼 정도로 충성심이 요구되는 자리이오. 마조대 전체가 교주의 직속이니 이는 당연한 부분이지. 그도 교주의 사람으로 생각해야 할 것이오."

"그래서 그를 마조대에서 떼어 제일대에 두려는 겁니까?"

"그에 대한 감시도 소홀히 하지 마시오."

"역시……. 알겠습니다."

"제육대와 마조대에 관한 문제는 혈 대주와 내가 알아서 할 테니 일대주는 별로 신경 쓰지 않으셔도 되오. 그보다 이젠 제일대의 인원을 확정하고 활성화해야겠소."

지금까지 피월려가 정식으로 인원을 차출하지 않아, 제일대의 활동이 없었다. 하지만 앞으로 낙양이 수도가 될 경우, 제일대가 해야 할 일이 산처럼 많아질 것이다.

피월려가 생각해 놓은 바를 말했다.

"우선 린 매는 제일대에 두겠습니다. 그리고 다른 인원은 무영비주들까지만 생각했습니다."

"지마급 인사는 아예 생각하지도 않은 것이오?"

"같은 지마급을 수하로 두게 될 줄은 몰랐습니다만."

"그거 참 피 대원답지 않군."

박소을이 생각하는 피월려가 어떤 인간인지 피월려는 굳이 묻지 않았다. 대답을 들어봤자 기분이 좋을 리가 없을 것이다.

피월려가 말했다.

"지부장께서 원하시는 지마급 인사는 주하, 단시월 그리고 개봉단장 이렇게 세 명입니까?"

"새로운 지마급 고수의 등장은 분명 환영할 일이오. 하지만 본교의 강자지존 율법상, 그들의 존재가 매우 부담스럽고 껄끄러운 것도 사실. 이를 제일대에서 모두 처리해 주어야 할 것이오."

"그런데 단 대원이 제일대에 입대하면, 제사대는 소오진 대주만 홀로 남는 것 아닙니까? 그럼에도 불구하고 제사대를 계속 운용할 필요가 있습니까?"

"소 대주는 마성에 젖은 마인들을 한계까지 부려먹는 데 탁월한 재주가 있소. 그동안 단시월이 재미 삼아 죽였다고 알려진 마인들도 사실 소 대주가 써먹을 때까지 써먹고 단시월에게 넘겨준 것이오. 그는 제사대에 남아 있어야 하오."

마성에 젖을 때를 기다리고 있겠다는 소오진의 말이 피월려의 귓가에 다시 들리는 듯했다.

극양혈마공이 폭주하는 이유는 간단하기 그지없다. 음양의 불균형, 그뿐이다. 폭주가 쉽다는 약점을 역설적으로 말하면 폭주를 잠재우는 것도 쉽다는 뜻이다. 따라서 음양합일이라는 간단한 방법으로도 폭주를 잠재울 수 있기 때문에, 피월려는 마성에 젖었어도 비교적 쉽게 제정신으로 돌아올 수 있던 것이다.

이는 다른 마공에는 통용되는 특징이 아니며, 대부분의 마공에서는 마성에 젖어버리면 그대로 끝인 경우가 많았다. 주소군의 경우도 그러하다 그러니, 소오진이 지부에서 감당하는 역할은 매우 중요한 것이 아닐 수 없었다.

피월려가 물었다.

"그 세 명 말고 다른 지마급 인사는 없습니까? 나 선배의 부하 중에도 지마급에 오른 이들이 있을 텐데요."

"매화마검수는 모두 부교주를 따르기로 최종 확정되었소. 그들은 지부를 떠나 부교주의 전속 부대가 될 것이오."

"그럼 제일대는 진설린, 주하, 단시월, 개봉단장, 그리고 무영비주들로 확정되는 겁니까?"

"자기 대원들의 이름은 알아두시오. 개봉단장은 낭파후, 무영비주는 혈적진이오."

"무영비주는 총 네 명 아닙니까? 왜 한 명의 이름만 말씀하시는 겁니까?"

"어차피 혈적진이 단주가 되어 단으로 이끌게 될 것이오. 직속이 아닌 이상 이름까지 알 필요는 없겠지."

혈적진은 혈적현의 배다른 동생으로, 혈적현이 눈과 팔을 잃은 후에는 무영비주들의 수장 노릇을 했다. 그와 피월려가 처음 마주친 건 동굴 속에 숨겨진 비도혈문의 본가에서였고 그 이후에도 몇 번이나 안면을 튼 상태였다.

"그럼 무영비주들은 제일대 제일단이 되겠군요."

"그렇소."

"아 참. 혈적진과도 생사혈전을 해야 할 것이오. 그는 지마급이 아니나, 그의 활약 때문에 그를 지마급으로 생각하는 마인이 매우 많소. 한 번 정도는 제대로 보여줘야 할 것이오."

비도혈문의 무공은 기본적으로 암공이다. 살상력에서는 보통 마공보다 뛰어나니 그런 오해가 생긴 것이다.

피월려는 한숨을 내쉬며 말했다.

"무영비주까지 포함해서 모두와 생사혈전을 하라는 말입니까?"

"주하까지 포함이오. 결국 보여주는 것이 중요한 생사혈전이니, 그녀가 이미 일대주를 섬긴다 하더라도 생사혈전을 해야 할 것이오. 또한 하는 것뿐만 아니라 이겨야 하오. 누구도 죽이지 않으면서. 같은 명령을 두 번 하게 하지 마시오."

"……."

"더 추천할 마인이 있소?"

이때다.

피월려는 기다렸다는 듯이 말했다.

"제갈미를 추천하겠습니다."

"제갈미를?"

박소을이 말을 시작하기 전에, 피월려가 먼저 말을 이었다.

"제일대의 인원을 거의 모두 지부장께서 지정하셨습니다. 제갈미 정도는 제 선택에 따라주십시오."

"제갈미는 쉽게 생각할 여인이 아닐 텐데? 그녀의 오성을 감당할 수 있겠소?"

예상했던 대로 회의적인 반응이었다. 하지만 네 번의 생사혈전에서 승리하라는 막무가내식 명령을 내린 후라 그런지 박소을도 조금 수동적인 자세였다.

피월려는 좀 더 강경한 입장을 취했다.

"이미 시험도 통과한 상황이라 들었습니다. 그녀를 거절할 명분도 없는 한, 제일대에 속한다 하여 문제가 될 것이 없습니다."

제갈미는 입교하기 위해서 피월려가 받았던 시험을 그대로 받았다. 구파일방의 인물이며 전 중원에 이름이 널리 퍼진 별호를 가진 고수를 죽이는 시험. 무공도 모르는 그녀에게 가혹한 시험임이 틀림없었다. 그럼에도 그녀는 문제없다고 자신하며 지부를 나섰었다.

제갈미가 선택한 인물은 다름 아닌 제갈구. 그는 그녀의 배다른 형제이자, 제갈세가의 소가주이며 구룡사봉 중 지룡의 이름을 가진 후기지수다. 그런 그를 제갈미는 당당히 제갈세가로 들어가서 그날 밤 주저 없이 암살했다. 그러고는 그길로 도주하여 완전히 행적을 감췄고, 며칠 전 낙양지부에 홀로 도착했다.

그녀를 미행하던 이대원은 차마 제갈세가로 들어가지 못했기 때문에, 정말로 그녀가 지룡을 암살한 것인지 불분명한 상황이었다. 그러나 이미 백도무림에서 명봉이 지룡을 암살했다는 소문이 파다하게 퍼지고 있는지라, 천마신교 내부에선 그녀의 암살을 인정했다.

박소을이 물었다.

"무공도 모르는데 제일대에 있을 수 있겠소? 그보다는 차라리 제육대에 속하는 것이 좋을 것이오."

"저도 입교 후 즉시 제일대에 속했던 이력이 있습니다. 또한 충성심이 문제라면 더더욱 제육대에 속할 수 없습니다. 기밀에 해당하는 정보를 빼돌릴 수 있지 않겠습니까? 차라리 최소한의 정보만 주어지며, 맡은바 임무만 기계적으로 해야 하는 제일대가 그녀에겐 가장 어울립니다. 그리고……."

"그리고?"

"진 소저와 많이 친해졌더군요. 아마 매우 섭섭해할 겁니다."

"……."

"……."

"어쩔 수 없군. 피 대원의 말대로 제갈미는 제일대에 부속시키겠소."

박소을은 부교주가 된 나지오에게도 지고 들어가는 법이 없던 사람이다. 그렇게 한 성격 하는 박소을도 진설린은 당해내질 못한다. 혹설이 떠나는 일로 박소을에게 직접 찾아와서 조목조목 따지는데, 미내로가 뒤를 봐주고 있는 터라 함부로 할 수도 없어 박소을은 꽤나 고통스러운 시간을 보내야 했었다.

피월려는 피식 흘러나오는 웃음을 참느라 혼이 났다. 그가 겨우 참고는 말했다.

"혹 더 하실 말씀이 없으시면……."

박소을은 이제 막 생각이 난 듯, 피월려의 말을 잘랐다.

"아, 다른 용무도 있소."

"무엇입니까?"

"본부에서 연락이 있었소. 오늘 내로 북자호 장로와 솔진 전주가 방문한다 하오."

"그들이 누굽니까?"

"사사혈루(邪死血淚) 북자호 장로는 외총부(外總部) 장로를 맡고 있으며, 흔히 외총부주(外總部主)라 불리오. 솔진 전주는 신물전주(神物殿主)이오. 아무리 본 교에 관심이 없다 할지라도 최소한 장로, 원주 그리고 전주의 이름과 별호 정도는 모두 알아두시오."

외총부주 북자호 장로는 외부에 관한 모든 일을 총괄하는 이로 모든 지부장의 직속상관이 된다. 또한 신물전은 교주의 인사에 관련된 모든 법과 공정성을 판단하는 신물전의 수장으로 마공을 모르는 문관(文官)이 가질 수 있는 가장 강력한 직위인 전주(殿主) 중에서도 제일 막강한 직위였다.

이들의 이름은 한 번쯤 들어보긴 한 이름들이다. 피월려는 이상하다는 듯이 되물었다.

"장로라면 천마급 고수가 아닙니까? 게다가 신물주의 전주라면 문인이라 할지라도 무시할 수 없는 직위입니다."

"무시할 수 없는 수준이 아니라, 장로와 동급이오. 전통적으로 장로는 전주에게 말을 놓지 않지 않으니 동급이라 할 만하지."

"그런 그분들이 오늘 방문하는데, 어찌 이제야 알려주신 겁니까?"

"나도 이제 알았기 때문이오."

"예?"

"오늘 아침 마조대에서 연락이 있었소. 그들이 오늘 내로 당도한다고. 내가 지 단장을 추궁하니, 그도 오늘 소식을 들었다 했소. 물론 거짓말이겠지만."

본부에서 그 정도의 고위급 인사가 방문하는데, 지부장에게 하루 전도 아니고 당일 통보한다? 이는 다분히 의도적이며 모르고 그렇게 했을 가능성은 없었다.

피월려는 이해했다는 듯 눈을 가늘게 떴다.

"그 일 때문이었습니까? 마조대와 연을 끊으려고 결정하신 이유가?"

"무슨 수작인지 모르겠지만, 이제 마조대는 대놓고 지부와 협력하려 하지 않소. 나와 일대주가 이렇다 할 대책을 세우기 전에 들이닥치려는 것이겠지. 특히 본부는커녕 신물전에서도 나오는 법이 없던 신물전주가 이 위험한 낙양까지 직접 찾아온 것을 보면, 뭔가 꿍꿍이가 있을 테지."

"……"

"입을 맞춰야 할 필요가 있소."

한 달 전, 피월려는 박소을에게 신물에 관한 사실을 털어놓았다. 그가 신물주를 죽이게 되어 신물이 그에게로 옮겨졌다는 것. 때문에 피월려가 신물주가 되었으며 이를 알고 있는 사람은 미내로와 혈적현이라는 것까지.

박소을은 이를 듣고도 함구했을 뿐만 아니라 혹시 남았을지 모르는 흔적을 모두 지워주기까지 했다. 피월려는 박소을의 호의를 잘 이해할 수 없었지만, 교주에 대해 반감을 가지고 있다는 점에서 피월려를 같은 혈교인으로 생각하여 도와준 것 같았다.

피월려가 물었다.

"입을 맞추기에 앞서 그들의 의도를 파악하는 것이 중요합니다. 그들이 왜 낙양지부까지 올라왔겠습니까?"

박소을은 이미 생각해 둔 바를 이야기했다.

"외총부주는 뼛속까지 교주의 사람이오. 그는 전대 교주와도 사이가 좋지 못했고, 교주의 도움을 받아 천마급에 올랐으니 성음청 교주의 명령이라면 불 속에라도 뛰어드는 충성심을 가지고 있소. 교주가 그에게 중요한 일을 맡겼을 가능성이 크오."

피월려는 턱을 괴었다.

"낙양이 수도로 지정되면서 낙양지부의 중요성이 크게 부각되었습니다. 때문에 외총부주께서 직접 온 것 같습니다만, 무슨 용무로 온 것인지는 짐작하기 어렵습니다. 한 가지 짐작가는 건, 낙양지부를 외총부로 탈바꿈하여 본격적인 중원 진출의 기틀을 마련하려는 것이 아니겠습니까?"

"아마도 그럴 것이오. 그를 위해서 낙양지부를 외총부에 편입시킬 수도 있소."

현재 낙양지부는 외총부 아래 있는 것이 아니라 교주 직속이다. 때문에 북자호 장로가 직접 와서 낙양지부를 자기 아래로 둘 수도 있다는 뜻이다.

피월려는 놀라며 말했다.

"큰일입니다. 낙양지부 자체가 사라져 외총부로 흡수될 가능성이 큽니다."

그런데 그런 그의 반응과 다르게 박소을의 표정은 차분했다.

　"이는 내게 해법이 있으니 너무 걱정하지 마시오. 내가 걱정되는 부분은 외총부주가 아니라, 전주이오."

　"신물도 문제이지만, 일단 낙양지부가 존립하지 않는다면……."

　박소을은 말을 잘랐다.

　"그 부분은 일대주가 걱정하지 않으셔도 되오. 신물전주에 관한 점만 논하도록 하겠소."

　"……."

　단호한 목소리에 피월려는 입을 다물었다. 박소을이 이렇게 나오는 이상, 그에게 좋은 해법이 있으리라 바라는 수밖에 없었다.

　박소을이 말했다.

　"우선 신물에 관해 자세히 설명해 주시오."

　피월려는 순간 잘못 들었다고 생각했다.

　"예? 모르십니까?"

　박소을은 전혀 부끄러워하지 않으며 당당하게 말했다.

　"누구와 다르게 교주가 되는 데 관심이 없어서 말이오. 옛날 옛적 한 번은 읽은 적이 있으나, 솔직히 교주의 인사법을 누가 기억하고 있단 말이오? 놓친 사실이 있을지 모르니 다시 설명을 들어야 되겠소."

피월려는 어이가 없었다.

박소을이 신물에 대해서 모른다는 건, 피월려가 신물주라는 사실을 알고도 찾아보지 않았다는 뜻이다. 즉, 피월려의 일에 전혀 관심이 없었던 것이고, 이는 피월려의 목숨이 위태롭게 되든 말든 별로 상관도 하지 않았다는 뜻이 된다. 이를 전혀 숨기지 않고 말하는 박소을은 정말이지 충성심을 억지로 짜내고 짜내도 도저히 생기지 않는 상관이었다.

피월려가 허탈한 목소리로 말했다.

"제 목숨이 달려 있는 일입니다."

"잘 알고 있소."

"그런데도 모르셨습니까?"

"내 목숨이 관계된 것이 아닌 이상 상관하지 않는다는 자세는 내가 일대주에게 본받은 유일한 것이오."

"……"

"신물에 대해 설명하시오."

피월려는 다른 할 말이 없었다. 그는 순순히 신물에 대한 설명을 시작했다.

"그건 마인에게 기생하는 영물입니다. 검은 나비의 형태를 가진 것인데, 이는 두 마리가 있습니다. 각각 현접(玄蝶)과 흑접(黑蝶)이라 합니다. 이를 교주와 신물주가 각각 소유하게 되는데 교주가 지닌 신물을 현접, 신물주가 지닌 신물을 흑접이라 칭합니다. 그들의 특징은 기생자를 죽인 마인에게 다시금 기생한다는 점인데, 이를 가지고 전체적인 교주의 인사 제도를 만든 것입니다."

"그럼 신물전주가 하는 일은 무엇이오?"

"자세히는 모릅니다만, 신물전에서 신물을 관리한다는 표현을 한 것을 보면, 아마 의외의 상황이 나올 경우 신물전에서 회수하는 것이 아닌가 합니다."

"의외의 상황이라면?"

"현접이 흑접과 만나는 상황이 있습니다. 교주가 신물주를 죽이든, 신물주가 자연사를 하든, 종종 한쪽으로 쏠리게 됩니다. 이럴 때 이 두 신물을 다시 떼어내어 새로 임명된 신물주에게 부여하는 것 아니겠습니까?"

"흐음……. 그렇다면 누가 새로운 신물주가 되었는지를 확인하려는 것이군."

"제가 신물주인 것은 모를 겁니다. 다만 낙양지부에서 전 신물주가 죽었으니, 낙양지부의 마인 중 하나가 신물주라는 확신이 있을 겁니다. 때문에 신물주를 낙양지부에서 찾으려고 이곳까지 방문하는 게 아닌가 합니다."

"그럼 신물전주가 일대주를 신물주로 확인하게 되면? 일대주가 신물주임이 공개되고 일대주는 전 신물주처럼 그 요상한 가면을 쓰고 다녀야겠소? 뭐, 썩 어울릴 거 같소만, 계속 일대주의 일을 하기는 불편하겠군."

"……"

"미내로에게 부탁이라도 한번 해보시오. 좌도의 극을 이루신 분이니, 도와줄 수 있지 않겠소?"

피월려는 박소을이 미내로의 이름을 부를 때 왠지 모를 편함을 느꼈다. 하지만 이내 그 느낌을 머릿속에서 지워 버리고는 침중한 표정으로 고개를 살포시 끄덕였다.

"한번… 말씀이라도 드려봐야겠습니다. 신물전주가 언제 도착할지 모르니 지금이라도 가는 것이 좋지 않겠습니까?"

"내 용무는 끝났으니, 얼마든지."

피월려는 자리에서 일어났다.

"그럼 가보겠습니다."

박소을은 피월려의 포권을 보지도 않고, 상 아래에서 다른 책자를 꺼내고 있었다.

제육십장(第六十章)

묘장은 원래 그 주변에 사람이 없다.

신분 확인이 안 되거나 장례를 치를 친인척도 없는 무명의 시체들이 최종적으로 모이는 그곳에 사람이 있는 것이 이상하다. 그러나 최근 들어서는 묘장 주변에 몇몇 사람이 이리저리 터를 둘러보며 서로 대화를 나누는 것을 종종 볼 수 있었다. 그들은 낙양의 권문세가나 표국 혹은 상가의 큰손들이 보낸 사람으로, 그 땅에 투자하기 위해 사전 답사를 하고 있었던 것이다.

낙양이 수도로 지정된 이상, 지금의 크기보다 두 배 이상으로 확장될 것이라는 추측이 시장가에 파다하게 돌고 있었다. 때문에 지금은 성 밖 주변의 땅이지만 새롭게 건설될 수도의 성안으로 들어올 가능성이 컸다.

묘장이 위치한 묘지는 남문에서 일 리 정도밖에 떨어지지 않은 곳이고 묘지의 특성상 땅값도 극히 싸기 때문에, 그 땅을 조금이라도 매입할 수만 있다면 엄청난 이윤을 남길 수 있었다.

현재 묘지를 포함한 주변의 땅은 모두 호마궁 소유로 되어 있었다.

미내로의 실험을 위해서 헐값에 그 주변 땅을 모두 샀었기 때문이다.

당연히 박소을은 그 땅을 매각할 생각이 없었지만, 천도 소식에 자금줄을 풀기 시작한 중원의 재력가들은 그 위에 건물만이라도 짓게 해달라고 사정하고 있는 형국이었다.

피월려는 그 부분에 관한 정확한 내부 사정을 잘 알지 못했다. 제육대와 마조대 그리고 박소을이 만들어가는 부분으로, 박소을은 피월려의 지혜를 오로지 무력 확장에만 집중하기를 바랐다. 마치 전에 서화능의 밑에서 일하던 박소을처럼 말이다. 걷는 길에 이런저런 사람들을 보며 몇몇 생각이 떠올랐지만 피월려는 얼른 그 생각들을 머릿속에서 지워 버렸다. 자기 일이 아닌 곳에 심력을 낭비하고 싶지 않았다.

그는 곧 묘장에 도착해 문을 열었다. 지부와 연결된 통로는 전투의 여파로 불안정해져 폐쇄되었기 때문에, 밖의 길로 갈 수밖에 없었다.

전과 다름없는 각종 동물의 시체가 그를 반겼고, 좀 더 안에 들어가자 명상을 하고 있는 진설린과 그 앞에서 눈을 부릅뜨고 지켜보고 있는 미내로가 있었다. 마법을 수련하는 매우 진지한 상황이라, 피월려는 한참을 옆에서 가만히 서서 지켜볼 수밖에 없었다.

진설린은 가부좌한 채 눈을 감고 끊임없이 무언가를 중얼거리고 있었다. 미내로는 깊은 한숨을 푹 내쉬면서 숨을 골랐다.

"네가 여긴 어인 일이냐?"

미내로가 피월려를 돌아보며 물었다. 그녀는 진설린이 집중하는 동안 그 주변의 기운을 농축하는 마법을 펼치고 있었다. 늙은 주름에 흐르는 땀을 통해 그녀의 노고가 엿보였다.

"잠시 상의드릴 일이 있어서 찾아왔습니다만, 바쁘신 듯합니다."

"네가 더 급해 보이는구나. 무슨 일이기에 그러느냐?"

웬만하면 기다리겠지만, 언제라도 신물전주가 도착할 수 있는 마당이니 마음 놓고 기다릴 수만은 없었다. 피월려는 직설적으로 말했다.

"신물전주가 이곳에 온다 합니다."

미내로가 살짝 고개를 돌리며 비스듬한 시선으로 땅을 보았다.

"신물전주? 그래서?"

"제가 신물을 지녔다는 사실을 간파하지 않을까 염려되어 찾아왔습니다만."

미내로는 자세를 고쳐 잡고는 피월려를 마주 보았다.

"염려되는 바가 정확하게 무엇이냐?"

"제가 신물주임이 밝혀지면 목숨이 위험합니다."

지혜로운 마법사답게 미내로는 피월려의 의중을 바로 간파했다.

"아하. 그래서 내게 신물을 숨겨달라는 것이냐?"

"영물이니, 좌도의 도움을 받지 않고는 불가능할 것이라 생각되어 찾아왔습니다."

"그렇군. 난 네가 린 아를 보러 온 줄 알았다. 린 아는 이 일에 아무런 연관이 없고?"

"제 목숨이 위험해진다면 연관이 생기겠습니다만, 그 이전에는 연관이 없다 말할 수 있습니다."

"클클클. 참 간사하구나. 마치 내가 도와주지 않으면 린 아에게도 악영향이 갈 거라는 걸 은근히 강조하면서 말이지."

"그런 뜻은 아니었습니다."

"아니긴 개뿔. 잠시 기다려라. 제자가 처음으로 스펠을 구축하니 스승이 지켜는 봐야지."

"……."

미내로는 다시 몸을 돌려 진설린을 향했다. 미내로는 깊은
눈동자로 진설린의 주변 공기를 살피면서 마나의 움직임을 면
밀히 파악했다. 조금이라도 잘못되는 부분이 없나 꼼꼼하게
관찰하며 숨죽이고 기다렸다.

덩달아 피월려도 미동도 하지 않으며 침묵을 지켰다. 극도
의 집중을 하고 있는 진설린이 정신적인 방해를 받으면 몸에
위험이 생길지도 모른다는 생각이 은연중에 들었기 때문이다.

대략 반 시진이 흐르자, 진설린의 몸 주변 기운이 눈에 띄
게 달라졌다.

대기에 녹아든 만기(萬氣)는 항상 일정 방향으로 흐르는 속
성을 가지고 있는데, 진설린의 몸 주변에 있는 기운은 마치 그
유동성을 상실한 듯 고요히 쌓이고 있었던 것이다. 폭풍 같은
눈보라 속에서 한곳에만 눈이 수북이 쌓이는 것과 같이 기이
한 일이었다.

집중을 놓지 않던 미내로가 자리에서 일어났다. 그녀는 말
없이 부엌으로 가서 차를 내왔다.

"생각보다 오래 기다렸구나. 마셔라."

찻잔 속의 묘한 빛이 시선을 사로잡았다.

"무슨 차입니까?"

"중원에는 없는 것이다."

피월려는 호기심이 돋아 한 모금 마셨다. 맛은 썩 좋지도 나쁘지도 않았으나, 미내로가 그의 반응을 주시하고 있는 것을 느끼고는 억지로 미소를 지었다.

"맛있습니다."

"거짓을 말할 필요는 없느니라."

"……."

"소을이 보냈더냐?"

피월려는 순간 이해하지 못했다가, 컥컥거리며 목을 부여잡았다. 이름을 부르다니? 차를 삼키다 사레가 들린 것이다. 그는 한참 동안 정신을 차리지 못하다 말했다.

"지부장님과 어떤 사이십니까?"

"왜? 내가 소을을 소을이라 부르는 것이 어색하더냐?"

"지부장님을 그리 부를 수 있는 사람이 세상에 존재하는지 몰랐습니다. 상상이 안 가던 일이라, 조금 놀랐습니다."

"그놈과는 인연이 질기다. 질겨도 너무 질기지. 하여간 본론으로 돌아가서, 소을이 보낸 것이 맞더냐?"

"예. 어르신께 한번 물어보라 하셨습니다. 미내로 대주께서는 신물을 숨기실 수 있으십니까?"

"이젠 대주가 아니니라."

"하면……."

피월려는 말문이 막혔다. 직위가 없는 미내로를 뭐라고 불러야 할지 생각이 나질 않았기 때문이다. 따지고 보면 이 상황에서는 별호로 칭하는 것이 예의인데, 피월려는 미내로의 별호를 알지 못했다. 이에 미내로가 쓴웃음을 지으며 말을 이었다.

"내 별호도 모르느냐?"

"죄송합니다, 어르신."

"귀목선자(鬼目仙子)다. 별로 마음에 들지는 않지만."

"귀목선자……."

"뭐 네놈도 낙성혈신이란 별호와 일대주란 직위를 갖춘 엄연한 마인이니, 내가 더 이상 네놈 네놈 할 수는 없겠구나."

"어찌 부르셔도 개의치 않습니다."

"네가 개의치 않는 것은 중요하지 않다. 직위가 있으면 그에 걸맞은 이름으로 불러야 위신이 서는 것이니. 혼자만 사는 세상이 아니다."

"……."

피월려는 나지오가 생각났다. 나 선배라 부르던 버릇 때문에 의도치 않게 여러 사람을 놀라게 했었다.

나지오와 피월려, 당사자들은 신경을 쓰지 않았기에 이를 가벼이 여겼지만, 미내로의 말을 들어보면 그리 가벼운 것이 아닌 것 같다.

"나이가 먹어서 그런가, 본론을 제쳐두고 딴소리만 하는구나. 일단 결론적으로 말하자면, 신물을 숨기는 것은 불가능하다."

"그렇습니까?"

"하지만 그것이 그리 큰 문제가 될 것 같지는 않구나."

미내로는 여유롭게 차를 마셨다. 피월려가 물었다.

"제가 신물주라는 사실을 신물전주가 알게 되면 제가 공식적으로 신물주가 됩니다. 이는 제 목숨이 위태로운 것 아닙니까?"

"신물전주가 그 사실을 안다 해서, 바로 신물주가 되는 것이 아니다."

"만약 교주께서 물어보면 어찌됩니까? 신물전주는 그 사실을 숨길 수 없을 겁니다."

"관례적으로나 율법적으로나 신물전은 신물주의 편이다. 천마신교 내부에서 교주령이 적용되지 않는 유일한 곳이 바로 신물전이다. 이를 봐도 신물전은 교주를 견제하는 곳이라 말할 수 있지."

"그것은 강자지존의 율법에 위배되는 것 아닙니까?"

"천마신교에서 전(殿)에 소속되는 문인들도 마공을 익힐 수는 있다. 은퇴한 마인 중 이런저런 전에서 일하는 자도 수두룩하지. 하지만 신물전(神物殿)만큼은 마공뿐만 아니라 무공

자체를 익힌 자는 절대로 들어갈 수 없는 신성한 곳이다. 즉, 순수한 문인들로 이뤄져 있으므로 엄밀히 말하면 천마신교 내부에 소속되는 것 자체가 불가능한 곳이다. 실제로 그들은 명령 체계에서 완전히 자유로우며 오로지 신물에 관한 일에만 전권을 가지고 있다. 교주라 할지라도 관여할 수 없다. 기본적으로 신물전주는 신물주의 편이니, 네가 신물주임을 알게 되면 위험에 처하는 것이 아니라, 너는 오히려 그들의 힘을 얻는 것이다."

미내로는 왠지 신물전 내부 사정을 잘 아는 것 같았다. 평소에 천마신교 일에 관심이 없는 그녀가 왜 신물전에 대해 많은 것을 아는지 피월려는 궁금해졌다.

"귀목선자 어르신께서 어찌 그리 잘 아시는 겁니까?"

미내로는 잠시 말이 없다가 대답을 회피했다.

"중원의 좌도를 익히고자 과거에 교류가 좀 있었다. 솔진 전주와도 잘 아는 사이지. 하여간 네가 걱정하는 부분은 의미가 없으니, 신경 쓰지 않아도 된다."

"그렇습니까?"

"확실하다."

미내로의 말에는 확신이 있었다. 그녀는 진설린을 아끼니, 그에게 거짓을 말할 이유가 없다. 그 사실을 깨닫고, 피월려는 그녀의 말을 믿기로 했다.

그때 눈을 뜬 진설린이 피월려를 보고는 놀란 목소리로 말했다.

"월랑! 어인 일이에요!"

피월려는 입술에 침도 바르지 않고 말했다.

"린 매를 데리러 왔소. 방에 없기에 이곳에 온 줄 알았소. 스펠(Spell)이라는 것은 잘되었소?"

진설린은 홍조를 띤 미소를 지으며 양손을 쭉 뻗어 피월려에게 보여주었다. 그녀의 양손에는 피처럼 붉은색의 공이 있었다. 그것은 전에 봤던 황금색의 것과 동일한 크기였다.

"보세요!"

"붉은색 아니오?"

진설린은 어린아이처럼 고개를 마구 끄덕였다.

"네! 전에 말씀드렸잖아요. 뒤집는 거 성공했어요!"

진설린은 눈이 반짝반짝거렸다.

"아, 뭐……."

"헤헤."

"축하드리오."

"헤헤."

"……."

"헤헤."

"그러니까 어, 어떤 원리이오?"

진설린은 기다렸다는 듯이 피월려 옆에 폴짝 앉더니, 갑자기 명궁(名弓)의 속사(速射)처럼 떠들기 시작했다.

"마법에 가장 기본이 되는 스펠이라는 건요, 의지를 발현하는 매개체라 볼 수 있어요. 이를 위해서는 심상 세계의 의지를 꺼내어 현실에 녹여야 하는데, 심상 세계는 마치 현실의 뒷면과 같거든요. 그렇기 때문에 원칙적으로는 이를 지날 수 없어요. 하지만 문을 뚫는 것처럼 스펠을 만들어 심상 세계에서 의지를 현실로 꺼내 오는 거예요. 이를 수련하기 위해서 처음으로 해야 하는 건 제가 가진 이 공의 안과 밖을 뒤집는 것이에요. 원래는 이것이 너무 복잡하기 때문에 스스로 할 수 없어, 스승이 그냥 가르쳐 주고 말아버려요. 그러나 그런 식이라면 스스로 알아낸 것이 아니기 때문에, 자기 마법의 한계가 생겨 버려서 스승의 마법에 자기의 마법이 갇히는 것이죠. 따라서 스승의 마법과 자기의 마법 중 그 교집합에 해당하는 부분만 사용하는 반쪽짜리 마법사가 되는 거예요. 이 때문에 마법사의 사회에서는 대가 흐르면 흐를수록 마법의 위력이 반감이 되는 일이 많아졌대요. 스승님은 제 재능을 믿으시고 제가 모든 걸 스스로 할 수 있게 기다려 주셨어요. 분명 힘드셨을 거예요. 헤헤."

"그 공의 안과 밖을 뒤집는 것이 그리 어렵소?"

진설린의 턱이 쭉 내려왔다. 엄청난 걸 들어버렸다는 듯, 그녀는 몸을 부들부들 떨면서 화를 내었다.

"얼마나 어려운데요! 피월려가 평생 배운 무공보다 훨씬 어려운 일이에요! 이거 봐봐요. 면과 면이 통과하지만, 절대로 선이 만들어지면 안 되고 찢지도 못해요. 이 조건을 충족하면서 공을 뒤집어야 한다니까요?"

"그거야 그냥 뒤집으면 되잖소."

"아니라니까요! 해봐요, 해봐!"

피월려는 진설린이 준 붉은 공을 들었다. 그리고 이리저리 주물럭거리면서 뒤집으려 하는데, 자꾸만 진설린이 옆에서 그렇게 하면 찢어진다는 둥, 선으로 모인다는 둥, 핀잔을 주었다. 때문에 집중할 수 없었던 피월려는 그 공을 그냥 넘겨줘 버렸다.

"됐소."

"인정하세요!"

"뭘 말이오?"

"이거 어렵다는 거요."

"쉽다고 한 적 없소."

"무시했잖아요."

"무시한 적도 없소."

"아뇨. 무시했어요."

"언제 말이오?"

"제가 그리 느꼈으니, 월랑은 무시한 거예요."

"……."

"인정하세요. 그리고 사과도 하시고."

피월려는 이것이 절대로 끝나지 않을 거라는 생각에 포권을 억지로 쥐고는 고개를 숙였다.

"내, 린 매를 무시한 것은 크나큰 불찰이오. 용서해 주시오."

"흥. 생각해 보죠."

진설린은 자리에서 일어나 버렸다. 그러고는 미내로에게 고개를 돌렸다.

"스승님, 이곳에 더 있어도 괜찮아요?"

"돌아가려는 것이 아니었느냐?"

"더 수련하고 싶은 마음이 생겨 버렸어요."

"그럼 그렇게 해라."

"감사해요."

진설린은 퉁명스럽게 말하고는 원래 앉았던 자리에 다시 앉았다. 하지만 이번에는 피월려에게 등을 돌린 상태였다.

피월려는 소리 없이 미소를 지었고, 그 모습을 보던 미내로의 눈에도 작은 눈웃음이 생겼다. 그는 자리에서 일어나며 말했다.

"이따가 저녁에 봅시다."

피월려는 묘장을 나갔다. 닫히는 문소리가 들리자, 진설린은 갑자기 자리에서 벌떡 일어나더니 문을 째려보며 말했다.

"진짜로 가다니……."

앞으로 피월려의 고생이 얼마나 클지는 그 현명한 미내로조차도 예상하기 어려웠다.

＊　　　＊　　　＊

피월려는 천도 소식에 시끌벅적한 낙양 성내를 지나 지부에 도착했다. 입구에서는 개봉단의 마조대원이었던 주팔진이 피월려를 기다리고 있었다. 그는 피월려에게 포권으로 인사하더니 즉시 박소을의 명을 전했다.

"지부장님께서 지부장님의 방으로 가라고 명하셨습니다."

피월려가 물었다.

"오라는 것이 아니고?"

"예?"

"지부장께서 방에 계시지 않다는 뜻이오?"

"아, 지부장께서는 대전에 계십니다."

"그런데 나보곤 방으로 가라고 하셨소?"

"손님이 있습니다."

"설마 장로와 전주를 나보고 상대하라는 건 아니겠지."

"그분들께서는 지부장께서 대전에서 뫼시고 계십니다."

"그럼 내 손님은 누구이오?"

"사천당문에서 오셨다는 것만 알 뿐, 그 외에는 저도 모릅니다."

피월려는 사천당문과 여러 은원이 있었다.

객잔에서 암룡(暗龍) 당사기를 죽인 혈적현과 일행이었고, 비독견 둘과 당사기의 형이자 사천당문의 소문주인 당환독을 죽이는 데 관여했으며 사천당문을 봉문(封門)시킨 가도무가 사용한 검이 바로 그의 검인 역화검이었다.

현재 사천당문은 재기가 불가능할 정도로 초전박살이 나 기약 없는 봉문을 공표했고, 때문에 사천무림이 혼돈의 도가니로 빠졌다.

그들에게 피월려는 철천지원수(徹天之怨讐)라 해도 과언이 아니다. 거기서 온 손님이라니, 말이 되지 않는다.

"사천당문의 인물인데 어찌 손님이 될 수 있다는 것이오?"

피월려의 질문에 주팔진이 대답했다.

"먼저 방문을 요청했습니다. 제이대에서 몸 조사를 끝냈고 시종일관 감시하고 있으니 독이나 암기의 위협은 없을 것입니다."

"지부장께선 내가 그들과 무슨 대화를 하기 원하시오?"

"그것에 관해서는 말이 없으셨습니다."

그도 그럴 것이, 사천당문의 등장은 전혀 예상할 수 없었던 부분이었다. 그들이 무슨 말을 하려는지 모르니 박소을도 딱히 뭐라 명을 내릴 순 없었을 것이다.

사천무림을 지배하다시피 했던 사천당문은 땅으로 추락하는 영향력을 조금이라도 지키고자 눈코 뜰 새 없이 바쁠 것이다.

말이 봉문이지, 외부의 공격으로 인한 봉문은 멸문이라 봐도 좋을 터. 그들의 상황은 먼 하남성 낙양지부에 사람을 보낼 만큼 한가하진 않을 것이다. 그럼에도 불구하고 사람을 보냈다면, 그 이야기가 무슨 이야기가 될지 쉽게 예상할 수 없었다.

"이 일에 대한 결정권은?"

"일대주님께 모두 위임되었습니다."

한동안 낙성혈신마 소리가 듣기 좋았는데 대주에 공식적으로 위임되고는 모두 그를 대주 혹은 일대주라 불렀다. 피월려는 은근한 아쉬움을 느끼며 고개를 끄덕였다.

"알았소. 일단 만나보지. 그 전에, 육대주에게 그곳으로 와달라고 전하시오."

"육대주… 에게 말입니까?"

육대주 뒤에 '님'은 없었다.

그것이 마인으로서 눈과 팔을 잃은 혈적현에 대한 무시인지, 아니면 마조대원으로서 제육대에 대한 견제인지, 혹은 둘 다인지… 피월려는 주팔진의 마음을 알 수 없었다.

피월려가 말했다.

"사천당문의 일이니 혈적현과 상의하지 않으면 나중에 무슨 소리를 듣게 될지 모르겠소. 혹시 모르니 일단주도 부르시오."

제일대 일단주는 혈적현의 동생인 혈적진이다. 혈적현을 대신해 무영비주를 직접 이끄는 입장이며 혈적현의 뒤를 이어 비도혈문의 공식적인 후계자에 올랐으니 그도 참석할 자격이 있었다.

포권을 취하는 주팔진은 못마땅하다는 표정을 굳이 숨기지 않았다.

"존명. 그런데 한 가지 말씀 올려도 되겠습니까?"

"무엇이오?"

"지부장께서는 지부장님의 방에 마조대원이 들어오는 것을 금하셨습니다. 때문에 그 안에서 오가는 일이 어찌 될지는 마조대에서 알 수 없습니다. 아마 제이대나 제육대 혹은 지부장께서 따로 알려주시진 않을 것 같습니다만."

박소을이 아주 노골적으로 마조대를 견제하는 듯했다. 피월려는 심드렁하게 되물었다.

"그래서?"

"손님과 말씀을 나누실 때에 마조대원 한 명을 옆에 두심이 어떠십니까?"

"방금 말하기를 지부장께서 마조대원의 출입을 금하셨다 하지 않았소?"

"예, 그렇습니다만……."

"나보고 그 명령을 정면으로 반하라는 것이오?"

"지부장께서는 마조대에 명을 내린 것이지 일대주께 내린 것은 아니지 않습니까?"

"……."

피월려의 침묵에 주팔진의 눈동자가 깊게 가라앉았다.

"마조대의 명령 체계는 낙양지부와 독립적입니다. 따라서 지부장님의 명령은 개인명령으로 간주되기 때문에 일대주님의 명령과 상충된다면 무엇을 지킬지는 당사자의 몫입니다. 지부장께서 일대주님의 직속상관이어도 관계없습니다."

주팔진은 피월려도 박소을의 사람이라는 것을 모르는 듯했다. 피월려는 짐짓 아닌 척 연기하기 시작했다.

"내가 그리한다면 마조대에서는 내게 무엇을 해줄 것이오?"

피월려가 호의의 뜻을 비치자, 주팔진의 눈빛이 크게 밝아졌다.

"원하시는 정보를 제공할 것입니다."

"그것은 마조대의 본래 일이오."

"영민하신 일대주께서 현재 지부의 상황을 모르실 리 없다 생각합니다만."

피월려는 코웃음 쳤다.

"이제 알 것 같소. 내가 보니, 마조대와 박소을 지부장간의 알력(軋轢)이 있군."

"……."

주팔진은 긍정도 부정도 하지 않았지만, 표정은 긍정에 한없이 가까웠다. 그가 피월려에게 요구하는 것은 지금 여기서 마조대에게 협조할지 아니면 박소을처럼 연을 끊을지 결정하라는 것이다.

피월려는 잠시 생각하는 척하다가 말을 이었다.

"날 일대주로 임명한 것은 지부장이오. 그에 대한 은혜를 저버릴 수 없소."

명백한 거절의 의미를 담은 말이었으나, 주팔진은 쉽게 포기하지 않았다.

"일대주께서는 실리보다 의리를 먼저 두십니까? 이는 마인으로 바람직한 마음가짐이 아닙니다. 또한 마조대는 교주님의 직속임을 잊으셨습니까? 마인으로서 교주의 직속부대인 마조대와 일을 같이하는 것이 그 속내를 누구도 알지 못하고 부하들의 신망을 조금도 가지지 못한 자를 섬기는 것보다는 훨씬 더 바람직할 것입니다."

부하들의 신망을 조금도 가지지 못한 자라…….

피월려는 주팔진의 말솜씨에 미소를 지었다.

피월려가 지금까지 알았던 마조대원들은 기계적으로 명령을 전달하는 일만 했지, 이런 정치적인 공세를 직접적으로 펼친 적이 없었다.

피월려가 물었다.

"머리싸움이 흔한 개봉의 마조대원이라 그런지, 확실히 낙양단의 마조대원들과는 말하는 것 자체가 다른 것 같소."

주팔진이 마주 웃으며 말했다.

"저와 말을 섞은 사람들은 제가 암령가 출신이라는 사실을 믿지 못하더군요. 하긴 제가 봐도 제 혓바닥은 어미에게서 물려받은 것 같습니다."

"그렇소? 하하하, 마음에 들었소."

"그럼 협조하시는 겁니까?"

사천당문은 어차피 낙양에서 멀리 떨어진 사천 땅의 가문이다. 그들에게서 온 정보가 마조대에 흘러간다고 해서 입을 피해는 거의 전무할 것이니 차라리 이번에 마조대의 신임을 얻어 그들의 눈을 속이는 것이 더 이득이라 피월려는 판단했다.

그가 고개를 끄덕였다.

"그렇소."

"알겠습니다. 그럼 은신술이 능한 자로 은밀히 보내겠습니다. 엿듣기만 할 터이니 신경 쓰시지 않으셔도 됩니다."

피월려는 의문을 표했다.

"본인이 직접 들어올 줄 알았는데?"

"일을 직접 하는 걸 좋아하지 않습니다. 그럼."

주팔진은 신이 나는지 돌아가는 발걸음이 가벼웠다. 그런 그의 뒤를 노려보는 피월려의 눈빛은 냉랭하게 굳어 그 빛을 완전히 상실했다. 그것은 맹수를 사냥하던 그의 아버지가 맹수를 잡기 위해서 덫을 설치하고 지켜보던 그 눈이었다.

*   *   *

지부장의 방 앞에는 한 여인이 그를 기다리고 있었다. 외형은 작은 키의 소녀지만, 마기가 물씬 풍기는 눈빛은 마인의 그것이었다. 그녀의 옷은 얼핏 보면 시비의 것이지만, 실제로는 암행하기에 전혀 불편함이 없는 형태였다. 긴장을 풀고 있다는 것만 제외하면 전형적인 살수의 모습이다.

"일대주를 뵙니다. 앞으로 잘 부탁드립니다."

피월려는 그녀의 이름이 원설인 것을 기억했다. 또한 그녀의 원래 소속이 말존대인 것도 생각이 났다.

"말존대원을 전속으로 얻게 되어 영광이오. 잘 부탁하겠소."

그녀는 뭔가 마음에 들지 않는지 표정이 좋지 못했다.

"제이대입니다."

"전에 말존대원으로 있지 않았……."

"지금도 있습니다."

"……."

"문제 있습니까?"

피월려는 원설의 말투가 기억났다. 시종일관 호전적이며 상대의 말을 잘 끊는 버릇은 쉽게 잊으려야 잊을 수가 없는 것이다.

그가 진지한 어투로 말했다.

"말을 끊는 게 버릇이라고 하지만, 내 명을 혼동할 우려가 있으니 내 말을 끊는 건 자제하시오."

"말을 끊는 건 버릇이 아닙니다. 그리고 명을 혼동할 우려가 아니라 기분이 나빠서 아닙니까?"

피월려는 잠시 말이 없다, 툭 내뱉듯 말했다.

"맞소. 기분 나쁘오."

그러자 이번에는 원설이 말이 없었다. 설마 대놓고 인정하리라는 생각은 미처 못 했는지, 머뭇머뭇거리며 입을 달싹일 뿐이었다. 그러다 지지 않겠다는 듯, 발끈하며 물었다.

"명입니까?"

"그렇소."

즉답(卽答).

이번에도 원설은 말을 잇지 못했다.

피월려는 좋은 해법을 찾았다는 사실에 흡족해하며 미소를 지었다.

"주 소저는 몸을 숨기기를 좋아했소. 원 소저는 어떨지 모르겠소만."

원설은 뭔가 분한지 침을 꼴딱 삼키더니 말했다.

"말존대원은 몸을 숨기는 시간이 숨기지 않는 시간보다 많아야 하는 법이 있습니다. 저도 숨길 것입니다. 그런데 질문이 하나 있습니다."

"무엇이오?"

"제게 경어를 사용하는 건, 박소을 지부장님의 버릇을 따라 하는 것입니까?"

피월려는 순간 당황하여 손사래를 쳤다.

"무, 무슨 뜻이오?"

원설의 얼굴에 승자의 눈웃음이 떠올랐다.

"박소을 지부장님을 평소에 얼마나 존경하시기에, 누구에게도 비어(卑語)를 쓰지 않는 그 버릇까지도 닮으려고 하시는 건지 궁금해서 하는 질문입니다."

"전혀 존경하지 않소. 또한 닮으려고 하는 것도 아니오."

"그럼 왜 제게 하오체로 말씀하십니까?"

피월려는 아무리 생각을 해도 대답을 찾지 못했다.

"그건……. 생각해 보지 못한 문제이오."

원설의 눈웃음은 더 깊어졌다.

"무의식중에나마 박소을 지부장님을 존경하는 마음이 드러난 것입니까?"

"존경하지 않는다고 말했소."

"왜 화를 내십니까?"

"화 안 났소."

"났습니다."

"……."

"부정을 못 하시는 걸 보니 제 말이 맞습니다."

"정말 궁금해서 묻는데, 제이대는 따로 어공(語功)을 익히는 거 아니오?"

"안 익힙니다. 혹 더 명이 있으십니까?"

"한 가지만 더. 마조대원이 오면 그를 막지 마시오."

"존명. 그럼 전 호위하겠습니다."

말이 끝나기 무섭게, 갑자기 원설의 등 뒤에서 검은 물체가 생성되더니 그녀를 잡아먹듯 덮쳤다. 그 뒤, 그 검은 물체는 물에 퍼지는 먹물처럼 사방으로 번지며 흐려졌다. 그렇게 그녀는 시야에서 완전히 사라졌다. 주하의 것과는 완전히 다른 방식의 은신술이다.

피월려는 지금까지 맛보지 못한 묘한 패배감에 사로잡혀 한동안 걸음을 옮기지 못했다. 용안심공까지 동원해서야 겨우 화를 식힐 수 있었다.

그는 박소을 지부장의 방문을 열고 그 안으로 들어갔다. 시큼하면서도 매우 상쾌한 기분이 드는 향기가 처음 느껴졌고, 방 안 가운데 고이 앉아 있는 여인이 몸을 돌리자 그 향기가 더욱 진하게 방 안에 퍼졌다.

그녀는 전체적으로 청순한 분위기를 가졌는데, 그 중심에는 풍성한 흑색 머리카락과 진한 눈썹이 있었다. 두툼한 입술은 밝은 보랏빛으로 빛나 묘한 매력을 더했고 사천 지방의 특이한 흑색 의복은 여인의 몸매를 여과 없이 드러내고 있었다.

"안녕하세요?"

여인의 것치고는 낮은 음의 목소리였다. 피월려는 포권을 취했다.

"일대주를 맡고 있는 피월려라 하오."

그녀도 포권을 마주 취했다.

"낙성혈신마를 뵙게 되어 영광이에요. 당가의 혜림이에요."

피월려는 당당한 걸음걸이로 그녀를 지나쳐 상석에 앉았다.

"내 별호를 아오?"

당혜림의 눈빛이 맑게 빛났다.

"소녀가 아무리 무지하다지만, 현재 전 중원에서 가장 유명한 마인을 모르지는 않아요."

"가장 유명한? 금칠이 너무 심하시군."

"금칠이라니요. 흑백을 가리지 않고 앞길을 막는 모든 이를 도륙하는 낙성혈신마는 백도에선 태원이가의 절정고수와 무당의 태극진인까지도 피를 흘리게 했고, 흑도에서는 녹림의 산적과 오십의 낭인까지 단칼에 베어버리는 극마(極魔)의 고수라 알려져 있어요. 하남성은 물론이고 사천성까지 그 별호가 널리 퍼졌으니, 이는 오십 년 전 간살색마에 비할 수준이지요."

간살색마는 가도무가 천마신교에 입교하기 전의 별호이다. 피월려는 당혜림이 어디로 대화를 이끌고 싶어 하는지 눈치챘다. 그걸 쉽게 줄 수는 없다.

피월려가 말을 돌렸다.

"극마라니. 난 한낱 지마(地魔)일 뿐이오."

당혜림은 자연스럽게 피월려의 말을 받았다.

"천마신교의 지마급 마인은 절정고수에 비교된다 들었어요. 그러니 지마를 극마라 칭해도 변함이 없어요."

"지마 위에는 천마가 있소. 극마를 지마에 쓴다면 천마를 어찌 표현할 생각이시오?"

"극을 넘었다면 이는 초월(超越)이니 초마(超魔)가 좋겠지요. 초마! 지금 막 만든 말이지만 참으로 좋은 것 같지 않나요? 지마니 천마니 하는 건 너무 옛날 느낌이 나서 싫어요."

"천 년도 전에 만들어진 것이니 이해하시오."

"혹 교주가 되거든 바꿔보세요. 신선과 요괴의 시대도 아니고 천지인이라니 너무 옛것이에요."

"신선과 요괴의 시대와 천지인이 무슨 상관이오?"

"어머? 모르셨나 보네요. 본래 천지인(天地人)에서 천(天)이란 신선을 뜻하고 지(地)란 요괴를 뜻하고 인(人)이란 사람을 뜻해요."

피월려는 들어본 적이 없는 것이었다.

"그렇소? 그런 유례가 있었을 줄은 전혀 몰랐군. 내가 혹시라도 교주가 된다면 소저의 의견을 참조하겠소. 그런 차원에서 인마는 어찌 불러야겠소?"

"백도에도 절정고수 아래를 칭하는 말로는 일류, 이류, 삼류가 있죠. 그러니 인마는 따로 부를 명칭 없이 급을 나누시면 될 듯해요."

"흐음, 그렇소? 백도의 것을 들었으니, 다른 쪽도 참조해야 마땅하오. 사천당문에서는 어찌 실력을 나누는지 궁금하오."

당혜림의 표정이 살짝 어두워졌다.

"사천당문은 오대세가의 일원이에요. 백도에서 일원으로 받아들여진 지 수백 년이에요. 사천당문도 백도와 똑같이 실력을 나누어요."

"내 알기론 사천당문의 가법이 이흑환흑 이백환백(以黑還黑 以白還白)이라고 알고 있소. 호마궁은 흑에 속하니, 호마궁에게 는 사천당문은 흑이오. 내 말이 틀렸소?"

"호마궁이 천마신교의 지부인 건 무공을 본 적도 없는 범인 들도 아는 사실이에요."

"그래도 나에게 사천당문이 흑이라는 사실에는 변함이 없 소."

"……"

"그렇지 않소?"

당혜림은 바로 대답하지 않았지만, 곧 하는 수 없이 고개를 끄덕였다.

"맞아요."

"흑도의 법은 간단하오. 강자지존이지. 사천당문은 천마신 교가 강자임을 인정하시오?"

"인정해요."

"좋소. 그럼 경어를 부탁하겠소. 이쪽에선 비어를 쓰더라도 이해하시오."

"……"

당혜림은 입술을 살포시 물었다. 이에 아랑곳하지 않으며 피월려는 자세를 편히 풀고 거만하게 말했다.

"사천당문에서 네 위치부터 말해. 솔직히 너 같은 묘령의 여자가 사천당문 같은 명문세가를 대변하는 게 믿기지 않아. 그 정도로 개박살이 났어?"

당혜림은 눈가를 파르르 떨었다. 그러나 곧 침착하게 대답했다.

"소녀는 천마신교와의 교섭에서 있어 문주로부터 전권을 위임받았습니다."

"네 위치를 말하라고."

"제 아버지께서 사천당문의 문주이십니다."

"그럼 당사기와 당환독을 잘 알겠군. 네 오라비들이 죽을 때 꽤 지저분하게 죽었어."

"……."

당혜림의 눈빛은 전혀 흔들리지 않았다. 그뿐만이 아니라 몸의 변화도 전혀 없었다. 용안심공으로 살폈으니 그녀가 피월려의 도발에 전혀 반응하지 않았다는 것은 확실했다.

피월려가 눈을 가늘게 뜨며 물었다.

"당사기와 당환독과는 별로 친하지 않았나 보군. 친오라비가 아닌가?"

"그들은……."

덜컹!

당혜림이 말을 하려는데, 갑자기 문이 열렸다. 혈적현과 혈적진이 함께 방 안으로 들어왔다. 혈적현은 즉시 코를 막으면서 중얼거렸다.

"미혼향(迷魂香)을 풍기는 걸 보니, 사천당문의 여자가 확실하군."

피월려는 이상하다는 듯 고개를 갸웃했다.

"제이대에서 몸수색은 모두 끝냈다고 했는데?"

혈적현은 품에서 단약 하나를 꺼내 먹더니, 터벅터벅 걸어 당혜림의 옆자리에 털썩 주저앉았다.

"미혼향은 칠소극독 중 하나인 미혼산으로 만드는 향이다. 이것은 그들의 특별한 방법을 사용하면 누구든 면역성을 가질 수 있기 때문에, 그로 인해 면역성을 먼저 기른 사천당문의 여인들이 자주 사용한다. 미혼산보다는 그 위력이 약화되어 극독이 아닌 평범한 독이 되기 때문에 내공으로 태우면 그만이며 내공이 없어도 효과를 보기 위해서는 일각 이상 계속 냄새를 맡아야 한다는 단점도 있다. 때문에 제이대에서도 심각하게 생각하지 않았을 것이다. 그리고 미혼향은 옷을 만들기 전 옷감 자체에 먹이기 때문에, 미혼향을 없애려면 옷을 벗겨야 할 거다."

당혜림은 혈적현의 말에 미소를 지었다.

"사천당문의 독에 대해 해박한 것을 보니 비도혈문의 무영비주가 확실하군요. 그런데 말씀하신 대로 내공으로 태우면 되는데 왜 단약을 드셨을까 소녀는 의문이 드는군요. 한쪽 눈과 팔이 없으신 것을 보니, 익히신 내공에도 큰 문제가 있어 단약으로 미혼향을 해독하는 것이 아닌가 생각되어요."

"미혼향이 풍기는 옷을 입고 다니는 걸 보니, 무공을 모르는 본가의 여인은 아닌 것 같은데. 소모품에 지나지 않는 분가의 인물… 그것도 여자가 여기까지 와서 무슨 제안을 한다는 건지 웃기는군. 피월려, 들어볼 것도 없이 그냥 죽여. 어차피 목적은 암살이야."

이제 보니 분가의 여자이기 때문에 당환독과 당사기를 언급한 도발에 전혀 반응하지 않은 것이다. 친오라비가 아니니 도발을 참는 것도 쉬웠을 터.

피월려는 어깨를 들썩였다.

"그걸 모르고 들어오진 않았겠지. 오히려 자길 죽이는 걸 노린 거 아닌가? 죽는 순간 펑 하고 폭발한다든가, 뭐 그런 무공을 익혔다든가. 사천당문이잖아. 그런 해괴한 게 있어도 놀랍지 않아."

"그거야… 없진 않아. 흐음, 그럴 가능성도 있겠군."

피월려와 혈적현이 진지하게 고민하기 시작하자, 당혜림은 기가 찬다는 듯이 하! 하고 소리를 내고 또박또박 말했다.

"암살을 하러 온 것도, 여기서 펑 하고 터질 생각도 없어요. 전 사천당문을 대표해서 천마신교에 제안을 하러 온 거예요."

혈적현은 여전히 믿지 못하겠다는 듯 말했다.

"사천당문에서 분가의 여자는 가문의 일원으로 쳐주지도 않아. 비독견보다 아래지. 당가의 소모품인 네가 어찌 가문을 대표한다는 거지?"

피월려가 대신 대답했다.

"문주의 여식이라는군. 이제 보니 거짓말 같지만."

혈적현이 뭐라 말을 덧붙이기 전에 당혜림이 먼저 말을 낚아챘다.

"그건 진실입니다. 제 아버지는 현 사천당문의 문주이며 전 그분의 여식입니다."

혈적현은 비웃었다.

"분가의 남자가 문주라고? 사천당문은 순수한 혈통을 위해서라면 사천성 전체를 피로 물들일 수도 있는 가문이야. 사천당문의 역사상 지금까지 본가의 남자를 놔두고 분가의 남자가 문주였던 적은 없었다! 만에 하나 그런 일이 있었다면 오로지 본가의 인물들이 깡그리 죽어서 남은 분가가 어쩔 수 없이 본가가 되지 않는 이상……."

큰소리를 치던 혈적현이 갑자기 뒷말을 잇지 못했다. 그를 바라보는 당혜림의 복잡한 눈빛에서 무언가를 읽었기 때문이다.

그 정적 속에 당혜림이 처음 말문을 열었다.

"깡그리 죽어야만 가능하다……. 맞아요. 사천당문의 본가는 모두 죽었어요. 전전대 문주이셨던 제 조부의 자제는 다섯째이신 아버지밖에 살아남지 못했어요. 따라서 제 아버지께서 허울밖에 없는 사천당문의 문주가 되셨어요."

"……."

혈적현이 아무런 말을 하지 못하자, 피월려가 대신 물었다.

"사천당문의 인물은 총 몇 명이나 살아남았지?"

그녀는 조금도 머뭇거리지 않고 대답했다.

"삼십이 조금 넘습니다. 그중 제대로 된 독공과 암공을 익힌 사람은 스무 명 안팎입니다."

"그, 그런. 일 할도 남지 않았다니!"

혈적현이 그답지 않게 말을 더듬으며 중얼거렸다. 사천당문은 본래 무인만 삼백 명이 넘는 식솔이 있던 곳이다. 피월려는 그런 처참한 상황에 있는 사천당문이 무슨 제안을 위해 이곳까지 왔는지 더욱 궁금해졌다.

피월려는 뭐라 묻기에 앞서 혈적현이 말을 먼저 하기를 기다렸다. 사천당문과 인연이 깊은 비도혈문의 남자이니 꽤 할말이 많으리라 생각한 것이다. 그러나 혈적현의 표정엔 당황이 가득하여 어떠한 말도 나올 기미가 보이지 않았다. 사천당문이 멸문에 가까워졌다는 말에 기뻐하며 축배를 들어야 할 그가 왜 이리 놀라기만 하는지 피월려는 이해할 수 없었다.

혈적현을 제쳐두고 피월려가 먼저 말했다.

"복구되려면 적어도 환갑은 지나야 할 것 같은 사천당문에서 무엇을 제안할지 참으로 궁금해. 용무를 말해봐."

당혜림이 옷깃을 가다듬고는 참한 목소리로 말하기 시작했다.

"입교를 희망합니다."

그 말이 끝나기 무섭게 혈적현이 살기를 내비치며 피월려를 노려보았다.

"절대 불가다. 들어오는 즉시 모두 생사혈전일 줄 알아."

혈적현은 당혜림의 말을 예상한 듯 즉시 말했다. 하지만 피월려는 그녀가 가도무에 관련된 것만 말할 것이라 생각했지 입교까지 말할 줄은 몰랐기에 그 말이 충격적으로 들렸다.

"사천당문 전체가 입교를 희망한다는 말이야?"

"예."

당혜림은 고개를 끄덕였다. 그녀의 표정은 평온하여 그 속에 무슨 생각을 품고 있는지 알기 어려웠다.

피월려가 말했다.

"사천당문이 입교한다면 사천성에 천마신교의 입김이 더욱 강해지겠군."

쿵!

혈적현은 바닥을 주먹으로 내려쳤다.

"제정신이냐? 사천당문과 비도혈문의 관계를 몰라서 하는 소리야? 씹어먹을 당가 놈들이 입교하면 비도혈문의 모든 무영비주는 그놈들과 전부 생사혈전을 하여 그 씨를 말려 버릴 거다."

피월려는 눈길을 혈적진에게 돌리며 툭하니 말했다.

"차대 문주는 그리 생각하지 않는 것 같은데?"

"뭐?"

분노로 일그러진 표정을 한 혈적현이 휙 고개를 돌려 뒤에 서 있던 혈적진을 보았다. 혈적진의 표정은 진지함이 묻어나고 있었는데, 그 눈빛에는 혈적현의 분노와는 사뭇 다른 냉철함이 엿보였다.

지금까지 한마디도 하지 않던 혈적진이 말했다.

"형님."

차분한 목소리.

혈적현은 결국 속에 내재된 분노를 밖으로 터뜨렸다.

"네놈! 지금 저 정신 나간 소리에 동조하는 건 아니겠지!"

"이젠 성(姓)을 되찾을 수 있습니다."

혈적현은 자리에서 벌떡 일어났다. 그러곤 하나밖에 남지 않은 팔로 혈적진의 멱살을 쥐었다. 하나밖에 남지 않은 눈에서는 당장에라도 살인을 저지를 만한 살기가 가득했다. 그는 불타 들어가는 목소리로 으르렁거렸다.

"명심해라! 성을 되찾는 방법은 오로지 하나다. 저 씹어먹을 놈들을 다 죽이는 것! 그것뿐이다."

"애초에 비도혈문이 당씨를 잃어버린 것이 누구 때문입니까? 분가의 무공이라며 우리를 멸시한 자들이 누굽니까?"

"씹어먹을 당가 놈들이지."

"아닙니다. 본가입니다."

"……."

"오로지 분가만이 살아남았다는 말을 듣지 못하셨습니까? 본가가 모두 죽고, 분가만이 살아남아 사천당문의 명맥을 유지한다면, 저들은 우리와 다를 바 없습니다. 분가의 일족으로 사천당문에서 떨어진 우리와, 분가의 일족으로 겨우 명맥을 유지하게 된 저들. 같은 일족입니다."

혈적현은 실성한 사람처럼 웃었다.

"크… 크하하! 크하하! 네놈이 단단히 실성했구나! 지금까지 죽어간 비도혈문의 무영비주가 얼마나 많은 줄 잊었느냐? 이숙부와 사숙부를 죽인 게 누구냐? 일 년도 채 살지 못하고 죽은 두 사촌은? 응? 그들은 누가 죽였느냐? 대가리에 똥만 찬 놈아! 대답해라! 네 누이는 누가 죽였느냐! 말해봐라. 말해봐!"

"분가에게 책임을 물을 수 없습니다. 그들이 소모품에 지나지 않는다는 건 형님의 말입니다. 분가의 핏줄로 인해서 박해를 받은 우리입니다. 형님, 눈을 뜨셔야 합니다."

혈적진의 목소리는 차분하기 그지없었다. 혈적현은 멱살을 잡은 손에서 서서히 힘을 풀면서 허무한 헛웃음을 터뜨렸다.

"하, 하하. 비독견 한 명하고도 제대로 싸운 적이 없는 네놈에게 내가 무엇을 바라랴. 하……. 이제 갓 세상에 나온 네놈에게 암만 설명해야 의미가 없지."

혈적진은 조금도 수그러들지 않고 말했다.

"그렇기에 제 선에서 이 저주를 끝낼 수 있습니다. 형님께서는 너무 전장에 오래 계셨습니다. 현 비도혈문의 상황을 모르시진 않을 겁니다. 비도혈문의 무공 특성상 다음 세대는 없다 봐야 합니다. 저희 세대에 모든 것을 끝내야 합니다."

"하… 하하하. 이젠 하다못해 가문의 기밀을 당가 년 앞에서 지껄이다니……. 좋다. 네 마음대로 해라. 내 몸 하나 제대로 못 가누는 내가 무슨 말을 더하리."

"이해해 주시길 바랍니다."

혈적현은 고개를 흔들거리며 인사도 없이 방 밖으로 나갔다. 피월려는 그의 심경이 걱정되어 지금이라도 뛰쳐나가고 싶었으나 그리할 수 없었다. 일대주라는 자리가 주는 중압감은 그의 다리를 굳게 만들었다.

혈적진은 마음을 가다듬고는 당혜림 옆에 자리했다. 그는 청량한 눈빛으로 피월려를 마주 보았다.

"대주님, 비도혈문의 일은 형님을 거칠 것 없이 제게 말씀하시면 됩니다. 더 이상 형님은 비도혈문의 일에 관여하지 않습니다."

피월려가 중얼거렸다.

"매정하군. 혹 무공을 완전히 상실한 것인가?"

"유일한 친우라 들었는데, 모르셨습니까?"

"유일한 친우이기에 듣지 못한 것이지……. 하여간 그 이야기는 나중에 하지. 지금은 손님이 있으니. 당혜림, 입교하기 위한 조건이 뭔지 말해봐."

당혜림은 혈적진을 흘겨보았다.

"일단 비도혈문의 입장을 확실히 해주세요."

혈적진이 즉시 대답했다.

"비도혈문은 사천당문의 입교를 반대하지 않겠소. 뿐만 아니라, 혈씨를 버리고 당씨를 다시 취하겠소."

"그 뜻은 사천당문으로 다시 들어오겠다는 뜻인가요?"

"합하겠다는 뜻이오."

피월려는 두 손을 뻗어 대화를 일단 중지시켰다.

"잠깐. 내게 일단 설명을 해줬으면 하는데. 들은 말로 유추해 보면 비도혈문의 성이 원래 당씨였고, 또한 사천당문의 분가였다는 것 같은데……. 처음부터 설명해 봐."

혈적진은 고개를 끄덕이고는 설명하기 시작했다.

"비도문의 시조(始祖)는 사천당문 분가의 사람이었습니다.

분가의 일인임에도 불구하고 시조께서는 암기를 다루는 데 있어 본가의 위치를 위협하는 수준이었기 때문에 본가에서는 시조님을 수차례나 제거하려 했었습니다. 하지만 오히려 시조께서 본가의 인물을 모두 물리치셨고, 이에 위협을 느낀 당시 문주가 시조님을 사천당문에서 파문하는 것으로 마무리 지었었습니다. 분가의 인물이 아니었다면 진작 사천당문의 문주가 되셨을 분이지만, 혈통을 중요시하는 가법에 의해서 퇴출되었다고 봐도 과언이 아닙니다. 그 후 시조께서는 보란 듯이 비도문을 창시하고는 사천성에서 영향력을 넓히셨습니다. 그러다가 오십여 년 전, 사천당문과 비도문 간의 알력 다툼이 본격적인 전쟁으로 돌입했고, 그로 인해 비도문은 몰락의 길을 걷다 비도혈문으로 이름을 바꾸고 살문으로 활동하게 된 겁니다."

"그리고 지금까지 원수로 살았군."

당혜림이 말을 추가했다.

"비도문도 몰락의 길을 걸었지만, 사천당문의 피해도 만만치 않았습니다. 전에 비해서 인원수도 오 할 정도로 축소되었고 비독견의 숫자는 말할 것도 없습니다. 독을 쓰지 않고도 지배했던 사천 일대의 영향력을 유지하기 위해서 독을 남발하는 사태까지 올 지경이었죠."

피월려는 턱을 쓸면서 말했다.

"가도무가 홀로 사천당문에 멸문에 가까운 피해를 입혔다는 말을 듣고 이상하긴 했지. 아무리 그가 천마급 마인이라 해도 혼자서 오대세가 중 하나인 사천당문을 봉문시키다니……."

당혜림이 가도무를 회상하며 말했다.

"간살색마에게는 독도 암기도 통하지 않았습니다. 독은 가까이 가기만 해도 타버렸고, 암기는 그의 피부조차 뚫지 못했지요. 간신히 만들어낸 자잘한 상처는 눈 한번 깜박이면 씻은 듯 사라졌습니다. 사천당문에 있어 극양의 마공을 익히고 마성에 젖어 선천지기를 끌어다 쓰는 마인보다 더한 재앙은 없습니다."

가도무에 의해 삼십여 명으로 줄어버린 사천당문은 당장 먹고사는 것도 지장이 생길 수준이었다. 다음 대를 잇기 힘든 비도혈문의 상황도 그와 전혀 다를 바 없었다. 그들이 천마신교에 기대려는 것만 보아도 상황이 얼마나 어려운지 여실히 드러났다.

혈적진은 자리에서 일어났다.

"본가가 모두 죽었다는 말이 진실이라면, 비도혈문은 사천당문의 입교에 관해 대주님의 뜻에 온전히 따를 것입니다. 그럼 전 이만 가보겠습니다."

"왜? 사천당문이 본 교와 어떻게 될지 여기서 더 듣고 싶지 않나?"

"그것은 제가 관여할 일이 아닌 줄 압니다. 그럼, 필요할 때 또 찾아주십시오, 대주님."

그는 포권을 취하고는 시원시원한 발걸음으로 방문을 나섰다. 피월려는 그가 겉모습과 다르게 그의 형인 혈적현을 걱정하고 있다는 걸 눈치챘다. 아마 그를 찾아 설득하려는 모양이었다. 그러나 무공을 상실하고 비도혈문에서 위치도 잃은 혈적현에게는 아무런 말도 위로가 되지 못할 것이다.

그런데 혈적진의 뒷모습을 바라보는 피월려의 눈을 당혜림이 주시하고 있었다. 그것을 곁눈질로 파악한 피월려는 묘한 위화감을 받았다. 그녀가 마치 피월려의 눈치를 살피는 것처럼 느껴졌기 때문이다. 용안심공이 아니라면 눈치채기 어려운 수준의 미세한 위화감. 그러나 피월려는 알 수 있었다. 당혜림이 혈적진이 돌아가는 지금 상황에 피월려의 생각을 면밀히 읽으려 하고 있다는 것을.

또한 혈적진이 이대로 밖에 나가는 것에도 위화감을 느꼈다. 아무리 형을 위로하기 위해서라고 하지만 철천지원수인 사천당문이 입교하는 상황에서 단순히 관여할 일이 아니라고 말하며 밖으로 나가는 것도 의문이 든다.

뭔가 수상하다.

잠시 의문을 접어두고 피월려는 본론을 꺼냈다.

"후우… 그럼 비도혈문과는 이렇게 정리하고. 다시 돌아가지. 입교를 희망한다고?"

"몇 가지 조건이 있습니다."

"당연히 그러겠지. 뭔데?"

"첫째로 간살색마를 죽여주십시오."

피월려는 순간 자기의 귀를 의심했다.

"가도무를 죽여달라고? 그게 무슨 뜻이지? 가도무가 아직 살아 있나?"

"예."

짧고 단호한 대답에는 거짓이 없어 보였다. 당혜림의 표정도 사뭇 진지하여 피월려는 그녀가 하는 말이 진실임을 믿을 수 있었다.

"아무리 가도무가 사천당문의 독과 암기와 극상성이라고 하지만 전부터 사천무림의 지존이자, 오대세가의 한자리를 처음부터 꿰차고 있던 사천당문이 한 명의 초절정고수를 죽이지 못하는 게 말이 되나?"

"간살색마는 초절정고수가 아니었습니다."

"그럼 무슨 입신이라도 된단 말인가?"

"입신이라 말해도 과언이 아니었습니다, 그는."

피월려는 고개를 흔들며 말했다.

"그는 다 죽어가던 차였어. 마공이 폭주하여 생명이 얼마

남지 않은 상태였다."

"회광반조(回光返照). 마지막 불꽃은 크게 타오르는 법입니다. 하물며 마공을 익힌 마인의 회광반조라면 더할 것이 없습니다. 당시 그의 내공은 바닥이 없었고, 다가가는 것만으로도 살점이 타는 화기(火氣)가 그를 둘러싸고 있었습니다."

"화기? 그가 화공(火功)을 익혔다는 소리를 들은 적이 없어. 그것도 몸에서 불을 내뿜는 내공이라니?"

"극양의 마공을 익혔으니, 화공을 쉬이 익혔을 겁니다. 아마 독을 상대하기 위해서 화공을 펼쳤을 것입니다."

"그는 이미 소유자에게 독에 대한 면역성을 부여하는 은보를 가지고 있었다. 화공으로 독을 상대할 이유는 없어."

"은보라면 대주께서 본가의 소문주를 죽이시던 밤에 가지고 있었던 만독불침은(萬毒不侵誾)을 말하는 겁니까?"

당혜림의 질문에 피월려는 잠시 대답하지 않고 그녀를 조용히 노려보았다. 당혜림의 차분한 눈길을 보니 이미 대답을 알고 있고 있는 것 같아 피월려는 순순히 대답했다.

"당가의 정보력이 이 정도인 줄은 몰랐군. 맞다."

"만독불침은을 만들 때에는 천년하수오, 공청석유 그리고 마타성수와 같이 음기가 강한 영물로 만들게 됩니다. 음기를 잃어버린 만독불침은 빠른 시일 내에 면역성을 상실하게 됩니다. 가도무의 강한 양기로 인해서 만독불침은은 무용지물이 되었을 겁니다."

"그래서 화공으로 사천당문을 상대했다?"

"추측은 그러합니다."

"……"

확실히 이상한 부분이다. 가도무가 양에 치우친 마공을 익힌 것은 사실이나, 그렇다고 해서 그리 빠른 시일 내에 화공을 익힐 수 있는 건 아니다. 양공이 화공의 기본이 될 수 있다고 해서 화공을 즉시 펼칠 수 있다는 게 사실이라면, 무림인 중 대다수가 검에 불을 내뿜고 다닐 것이다.

또한 화공은 무공이기에 앞서 좌도다. 불은 순수한 무(武)를 추구하기 위한 것이 아니기 때문이다. 피월려는 가도무가 좌도의 공부를 얼마나 했는지는 모르나, 그 성격을 가지고 몸에 불을 붙이고 다닐 만큼의 좌도를 익히진 못했을 것이라 생각했다.

조력자가 있는 것일까?

당혜림이 말을 덧붙였다.

"또 있습니다. 간살색마는 사천당문의 고수들이 내력을 담아 쏜 암기를 모두 몸으로 튕겨냈습니다. 피부에 닿는 즉시 그 힘을 잃고 바닥에 떨어져 버렸습니다. 그는 암기를 피할 생각조차 하지 않고 본가의 건물을 부수고, 고수들을 학살했습니다."

"설마 금강불괴(金剛不壞)를 말하는 것은 아니겠지?"

"그것입니다. 금강불괴."

입신에 오르면 내우주와 외우주의 구분이 사라지고 내력이 무한해진다. 그 무한한 내력은 육신에 저절로 깃들어 그 그릇이 가득 찰 때까지 채우게 되는데, 이때 육신은 내력을 품은 검처럼 단단해진다.

입신의 고수가 아닌 보통 무림인들도 외부의 침입을 방어하기 위해서 육신 자체에 내력을 품게 만들어 방어력을 높이기도 하고, 그것을 반탄지기로 방출하여 사전에 피해가 오는 것을 막기도 한다.

금강불괴가 이와 다른 점은 자동이라는 것과 육체 곳곳에까지 모두 해당한다는 점이다.

당혜림의 말은 가도무가 입신의 고수가 되었다는 말과 일맥상통한다. 피월려가 입을 살포시 벌리고는 되물었다.

"저, 정말이야?"

당혜림은 고개를 서너 번이나 끄덕였다.

"전 문주께서 직접 암기를 다루어 가도무의 두 눈에 비침을 출수하셨습니다. 그 비침은 가도무의 눈동자에 정확히 명중하였으나 아무런 피해를 주지 못하고 바닥으로 떨어졌습니다. 눈꺼풀 속 눈알에 내력을 담아 비침을 튕겨내는 것이 금강불괴가 아니고 설명이 가능하십니까?"

불가능하다.

물론 훈련을 했다면 가능하긴 하다. 매일 눈알에 내력을 쏟아붓는 노력을 하고 경험을 쌓아 더 잘되는 방법을 모아서 그에 관한 무공을 만들어도 될 것이다. 그러나 누가 그런 짓을 하겠는가? 눈알에 내력을 모으는 것은 무림인으로서 효용성이 전혀 없다고 봐도 무방하다. 가도무가 천하의 어리석은 자가 아니고서야, 그런 무공을 익혔을 리가 없다.

피월려가 말했다.

"입신의 고수라면… 그것도 독과 암기에 면역성을 지닌 입신의 고수라면 홀로 사천당문을 봉문시켰다고 해도 과언이 아니지."

당혜림은 그 말에 자존심이 조금 상했는지 변명했다.

"비도혈문과 오십 년간 서로 죽고 죽이는 일을 반복했었습니다. 쇠약해질 때로 쇠약해졌기에 간살색마도 그 점을 노린 것이겠지요. 또한 당시에는 사천당문의 모든 무인이 집중 수련을 하고 있었습니다. 그러니 즉시 제대로 된 전투에 임할 수는 없었습니다."

"모든 무인이 집중 수련을 하고 있었다? 누구와 전쟁을 준비하고 있었던 거야? 혹시 비도혈문?"

"아닙니다."

"그럼?"

"······."

당혜림은 입술을 다물었다. 피월려는 썩은 미소를 지으며 물었다.

"대답하지 않을 거야? 왜 이제 와서 그런 쓸데없는 생각을 하지?"

"대주께서 모르실 리가 없으니까요."

피월려가 귀찮다는 듯이 말했다.

"모르니까 대답해."

당혜림은 피월려의 얼굴을 파낼 듯이 뚫어지게 보면서 또박 또박 말했다.

"사천당문의 소문주가 죽었습니다. 이 뜻은 사천당문 전체의 뜻을 좌지우지하는 문주께서 당신의 첫째 아들을 잃어버 렸다는 것과 같은 뜻입니다. 아들을 잃은 슬픔과 분노에 빠진 문주께서 가문 전체에게 무엇을 명하겠습니까? 전쟁이 아니라 면 무엇이 있겠습니까?"

아, 내가 죽였지.

사천당문의 소문주, 당환독을 죽인 장본인은 헛기침을 하 며 당혜림의 눈길을 피했다.

그는 대답을 하지 않는다고 그녀를 문책하던 자기 자신이 부끄러워져 가만히 참기 어려웠다.

열 번이 넘어가는 헛기침 뒤, 피월려가 떨떠름하게 말했다.

"남의 여인을 탐하니 그리된 것이오. 사천당문의 봉문은 자업자득이오."

"강자지존을 어느 흑도보다 철저히 숭배하는 천마신교의 마인께서 그런 변명을 하신다니 의외군요. 또한 갑자기 하오체를 사용하시니 저도 경어를 놓도록 하죠."

"……"

한 짓이 있으니, 말투 하나 꼬투리 잡기는 너무 치졸해 보였다.

피월려가 말을 못 하자, 당혜림은 물 흐르듯 자연스럽게 설명했다.

"간살색마가 입신에 올랐든 오르지 않았든 그건 중요한 것이 아니에요. 그가 사천당문을 멸문의 문턱까지 끌고 간 것이 중요하죠. 사천당문의 입장에서는 그를 절대로 용서할 수 없어요. 사천당문은 성도를 제외한 곳에서는 이미 영향력을 잃었고, 성도에서도 독을 쓰고 암기로 범인까지도 죽여가면서 겨우 영향력을 유지하고 있어요. 독과 암기 없이 성도를 통제하기 위해서, 간살색마를 죽이고 그의 시체를 사천당문의 대문에 걸어놓아 사천당문이 건제하다는 걸 보여줘야만 해요. 만약 그리되지 않는다면 아마 곧 범인에게 독과 암기를 사용했다는 명목으로 인해 아미파와 청성파의 공격을 받는 것이 수순이겠지요."

"아미파와 청성파… 구파일방 중 두 문파나 섞이게 되는 일이니, 그냥 생각할 문제가 아니오. 일단 그들에게 도움을 요청한 것이 아니라, 이 먼 하남성까지 와서 천마신교 낙양지부에게 부탁하려는 이유가 무엇인지 궁금하오. 그들이 구파일방이라 척살(刺殺)을 할 뿐 추살(追殺)하지 않기 때문에 사천당문의 부탁을 거절했소?"

구파일방은 원래부터 적을 척살할 뿐, 추살하지 않는다. 넓은 중원에 작정하고 숨은 사람을 찾는 일은 많은 사람을 써야하니 구파일방의 고수들이 오랜 시간 세속과 섞여야 하기 때문이다. 때문에 구파일방의 척살령을 받은 자는 어딘가 숨어버리면 살 수는 있지만, 우연이라도 구파일방의 고수와 마주친다면 생명을 장담할 수도 없는 그런 비참한 인생을 살게 된다.

주변에서는 이를 이용하여 협박하기 일쑤고, 심지어 구파일방에 잘 보이기 위해서 먼저 나서서 죽이려 한다. 광소지천 지명무가 그런 경우였다. 7년간 정신적으로 시달리며 결국 말라가다가 피월려의 손에 죽었다.

피월려는 잠시 그를 회상했으나, 당혜림이 곧 고개를 저으며 대답했다.

"추살이 아니라 단순한 살해 의뢰예요. 간살색마의 위치는 알고 있어요. 추적하실 필요 없이 죽여주시기만 하면 되요."

"그렇다면 더욱 의문이군. 아미파와 청성파에서 부탁을 거절한 이유는 무엇이오?"

당혜림은 목을 가다듬고 대답했다.

"솔직히 말씀드리죠. 물론 그들에게 먼저 연락을 취했어요. 하지만 그들은 저희의 문제이니 알아서 해결하라는 답장을 보냈지요. 그들은 말하지 않았지만 사천당문이 멸문하기를 바라는 것이 틀림없어요."

"구파일방의 아미파와 청성파가 설마 오대세가 중 하나인 사천당문이 죽게 내버려 둔다는 것이오?"

"사천당문이 오대세가에 가입(加入)할 때 사천성에서 나오지 않는다는 조건을 내걸며 사천성의 독점을 인정받았어요. 소림파, 무당파, 개방 그리고 화산파 같은 경우에는 사천당문이 사천성에만 있어주면 더할 나위 없이 좋았으니까요. 그때 반대한 문파는 사천성에 자리 잡은 아미파와 청성파였으나, 그들의 의견은 기각되었죠. 둘은 구파일방에서도 힘이 약한 곳이니까요. 때문에 그들은 사천당문과 그리 좋은 관계가 아니에요. 아마 오히려 세를 넓힐 좋은 기회가 왔다고 생각할지도 모르겠군요."

"그래서 그들이 독과 암기를 핑계로 멸문시킬 것이라는 생각을 한 것이군."

"그 둘은 명분만 있었으면 진작 사천당문과 전쟁을 했을 거예요. 지금까지 명분을 주지 않았기 때문에 칼을 뽑지 않은 것이죠. 하지만 이대로는 칼을 뽑을 좋은 명분을 주고 말아요."

"구파일방은 오대세가와 다르게 세속적이지 않다고 들었는데."

"그들도 인간이죠. 그들의 선조들이 얼마나 깨끗한 성인이었는지는 모르나, 시간을 이길 수는 없어요."

"…간결한 대답이군."

"하여간, 그래서 고심 끝에 천마신교에 부탁하러 온 것이에요. 어차피 구파일방과 척을 지게 될 거, 그 반대에서 협력을 얻고 싶어요. 천마신교가 있는 광서성에서 서쪽으로 진출하기 위해서는 사천성을 필히 지나야 하니, 천마신교에도 매력적인 제안이라 생각돼요."

"그런데 왜 낙양지부에 왔소?"

낮은 음의 진중한 어조.

당혜림은 살짝 당황했다.

"예?"

"사천성에서 하남성에 오는 것과 광서성에 가는 건 거리상 별 차이가 없지 않나? 게다가 하남성에는 백도의 눈이 많으니 오히려 더 움직이기 힘들었을 터. 그런데도 왜 본 교의 본부가 있는 광서성으로 가지 않고, 하남성에 있는 낙양지부에 온 것이지? 이런 중요한 논의를 하려면 당연히 교주님을 만나야 하는 거 아닌가?"

"그, 그건……. 사천당문의 사정이 매우 안 좋은 관계로 혈수마제 본인과 대화해서는 아무것도 얻을 수 없다고 판단했기 때문이에요. 혈수마제 성격에도 아마 관심조차 보이지 않을 가능성이 크죠. 그렇기에 지부 중 가장 크고 영향력이 센 낙양지부에 온 것이에요. 낙양지부장과는 충분히 말을 섞을 수 있으리라 생각했어요."

빈약하다.

빈약하기 그지없는 논리.

피월려는 비꼬듯 말했다.

"그뿐인가? 아니잖소."

"무슨 뜻이죠?"

피월려는 피식 웃었다.

"날 잘 모르오? 아깐 나에 대해서 잘만 이러쿵저러쿵 읊어대더니, 정작 나에 대해서 가장 중요한 건 모르는 것 같소?"

"무지한 소녀에게 가르쳐 주시지요."

"난 심계에 타고난 사람이오."

"그런가요? 그런데 갑자기 그런 자랑을……."

"혈적진과의 관계가 어떻게 되는지 말하시오."

"……."

정곡을 찔렸다는 듯, 그녀는 꿀 먹은 벙어리처럼 입술을 오므릴 뿐 목소리를 내지 못했다. 피월려가 눈빛에 마기를 담으며 사악하게 웃었다.

"혹시나 했는데, 맞군."

"……."

"혈적진과 이미 무슨 말이 오갔기에 본부가 아니라 낙양지부로 온 것이야. 그렇지 않소?"

"진랑은 관계없어요."

"진랑?"

"그, 그건……."

"설마 연인 관계요?"

"……."

"확실히 나이가 어리시긴 하군. 아닌 척하셔도."

"그러는 대주님은 연세가 어떻게 되시죠? 저와 별로 차이도 나지 않을 것 같은데?"

"말 돌리지 마시오. 연인 관계가 맞소? 아니오?"

이미 모두 들켜 버려 더 이상 거짓을 말하는 데 의미가 없었다. 그녀는 기어들어 가는 목소리로 대답했다.

"그래요."

"그가 무엇을 약속했소? 본 교에서 배신은 꽤나 중요한 사항이라 알아야겠소."

"그가 약속한 건 없어요. 단지 우리는 사천당문과 비도혈문이 다시 합하기를 바랄 뿐이에요. 그가 천마신교를 배신한 건 없어요. 대주님과의 만남을 주선만 해준 거예요."

"큭, 크하하. 사랑놀이라니, 진심이오? 자기 가문이 봉문을 당했다고 하지 않았소? 그런데 사랑? 사랑이라. 크하하."

"비웃지 마세요. 당신은 사랑을 모르죠?"

피월려는 배를 부여잡고 웃더니 자리에서 일어나며 양손으로 얼굴을 쓸어 내렸다.

"조금이라도 진심으로 들은 내가 천하의 병신이군. 하아……. 미쳤지. 일대주가 됐다고 벌써 시야가 좁아지고 말이야. 일단주와 잘되길 원하시면 가문에서 나오시오. 수하이자 친우의 동생을 위해서라면 여자 하나 입교시키는 건 가능하오. 하나 사천당문의 일은 못 들은 일로 하겠……."

탁!

그가 말을 끝내려 할 때, 갑자기 방문이 열렸다. 방 밖에는 붉은 두 장검의 남자, 나지오가 서 있었다. 그의 몸에서 풍겨지는 기운이 심상치 않은 것을 느낀 피월려가 뭐라 말하려는데 나지오가 먼저 선수쳤다.

"피 후배, 아니지, 이제 일대주라 해야 하나? 어쨌든, 그 여염(麗艶)한 처자 그만 괴롭히고 나와. 나랑 갈 데가 있다."

"나 선배? 아, 부교주님. 갑자기 어디로 간다는 것입니까?"

나지오는 부교주라는 말에 눈이 동그랗게 변한 당혜림을 한번 보고는 천장으로 시선을 돌렸다. 그러고는 그곳을 손가락으로 가리키며 툭하니 내뱉듯 말했다.

　"마조대원이 왜 여기 있어? 지부장이 출입을 금하지 않았어?"

　"제가 허락했습니다."

　"네가 허락한다고 해서, 마조대원이 지부장의 명을……. 아… 되네. 개인명령이니까. 참나, 무슨 율법이 이따윈지 원. 언제 한번 누가 갈아엎어서 간단하게 만들어야 돼, 너무 복잡해졌어. 본 교답지 않게. 하여간 그 존대는 좀 집어치워. 닭살 돋아."

　인원의 수가 천을 넘지 않는 구파일방의 율법은 적어도 백배는 더 까다롭다. 십만 교도를 거느리는 천마신교의 율법은 그 크기와 비교했을 때 지극히 간단한 편에 속한다. 하지만 나지오는 그마저도 귀찮은 듯 보였다.

　피월려는 앞으로 나서며 말했다.

　"그 부분은 제가 설명드리겠소. 그런데 어디를 가야 한다는 것이오?"

　나지오는 손가락으로 따라오라는 시늉을 하며 몸을 돌렸다. 그러곤 한마디를 뒤에 남겼다.

　"화산(華山)."

"화산이라면… 설마 화산파?"

"응. 근데 그 전에 일단 만나볼 사람이 있어."

피월려의 얼굴에는 한동안 의문이 가시질 않았다.

『천마신교 낙양지부』 13권에 계속…

초대형 24시 만화방

신간 100%, 샤워실, 흡연실, 수면실(침대석), 커플석, 세탁기 완비

■ 광명 광명사거리역점 ■

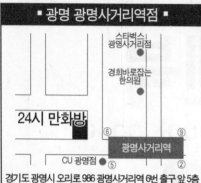

경기도 광명시 오리로 986 광명사거리역 6번 출구 앞 5층
02) 2625-9940 (솔목타워 5층)

■ 강북 노원역점 ■

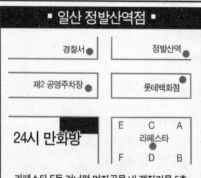

서울 노원구 상계동 340-6 노원역 1번 출구 앞 3층
02) 951-8324 (화용빌딩 3층)

■ 일산 정발산역점 ■

라페스타 E동 건너편 먹자골목 내 객잔건물 5층
031) 914-1957

■ 일산 화정역점 ■

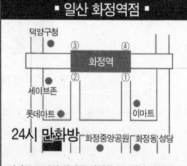

경기도 고양시 덕양구 화정동 984번지 서일빌딩 7층
031) 979-4874 (서일사우나 건물 7층)

■ 부천 역곡역점 ■

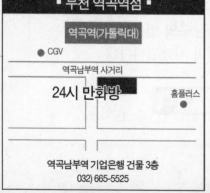

역곡남부역 기업은행 건물 3층
032) 665-5525

■ 부평역점 ■

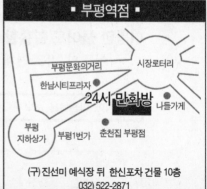

(구) 진선미 예식장 뒤 한신포차 건물 10층
032) 522-2871